陆灏摹休·汤姆生

BOOK TALKS

书会说话

顾真 著

上海文艺出版社

目 录

序 / 黄昱宁

戴斯蒙·麦卡锡：成就斐然的失败者 3
"虽然罗马正在燃烧" 21
早安，蒂凡尼 29
为什么没人收藏我呢？ 33
每次告别一点点 38
没人能带走你经历的事 42

瓦妮莎·贝尔：霍加斯书局的
　"艺术总监" 55
"头号白痴" 67

比李尔更胡来 72
约翰生画梦录 78
无与伦比狄更斯 83
同伏尔泰晚餐 87

A. A. 米尔恩：在《笨拙》的日子 95
全世界最好的熊，一百岁了 105
休·汤姆生的春意 114
异色《鲁拜集》 119
波加尼的《古舟子咏》 124
最后的埃德蒙·杜拉克 127

A. S. W. 罗森巴哈：最伟大的书商 133
藏书家写小说 147
寻找爱丽丝 152
伦敦这台戏 157
萨克雷叫他"圣查尔斯" 160
"想必是下雨之类的缘故" 167

肖恩·白塞尔：出售作家做的梦和

  为生活开出的良方 175

在这座偏远书城，没人要求你做一个

  "正常人" 186

书人的假日 196

书卷气和人情味 204

"青春便是这样悄悄剥落" 208

垂钓于时间的河流 214

跋 219

慢了小半拍
（代序）

黄昱宁

顾真出书，邀我第一时间读稿，顺手写几句读后感。这当然是义不容辞的事。及至铺开校样，一页页翻下去，那种既熟悉也陌生的感觉时时在纸面晕开，我才意识到，下笔其实并不是想象中那么容易。

熟悉是不言而喻的。说一句"我是看着顾真长大的"固然是从俗卖老，却也大致符合事实。十多年前，编辑室里的实习生川流不息，念本科时就自荐来打暑期工的顾真是寒暄最少、出活最多的那一位。我半开玩笑，说你一毕业就来工作吧，他微微点头，并不喜形于色，只说书还要继续念下去。此后有好几年，我渐渐习惯了这个一脸老成、时不时就要来实习两个月的小伙子温水一般的性情，慢小半拍的反应，以及对未来的不置可否。顾真的硕士念到第二年时，我把最难的稿子——奥登的《战地行纪》交到他手上。过了一个月，他默默地还回来，用铅笔写了数十条修改意见，分寸拿捏得准确而得体，每一条都讲到了点子上。这就好比传一门手艺，我本来是因为虚长了几岁占了师长的名分，不经意间掂掂分量，学生居然早已无师自通——那种仿佛占了什么便宜的窃喜，至今历历在目。我说你决定来译文了吧？他照例慢半拍，顿一顿，这才郑重地开口：是的，我确定。

这千金一诺一直兑现到了今天。由徒有虚名的"师生"到朝夕相处的同事，顾真一直都是最让我放心（以至于平时常常感觉不到存在）的那种人。我一直没有告诉他的是，当初让我一眼看中的，是他与生俱来的那点儿与时代稍稍隔膜却并非隔绝的气质。他坐得住，慢热之后也聊得开，更善于倾听。好几位与上海译文出版社维持了数十年关系的"宝藏老人"，都跟他成了忘年交。以他的年纪，能稳稳地接住旧传统，实在不是一件容易的事。不过，我并没有留意到，这份与年龄不相称的老派作风，并不仅仅出现在他编辑的书稿中。

《书会说话》的书稿，就给了我这样一个修正"熟视无睹"的机会。我向来知道顾真能编善译,也时常躲在"迤逦鸦"之类的风雅笔名之后,写一点隽永好读的散文小品。然而,于无声处,他已经攒足了厚厚一本,这却是我始料未及的。他的文章大致写文人书话,用慢了小半拍的节奏娓娓道来,很像与他平日聊天的口吻。但是此番细细读来,我对潜伏在这些平易温润的文字深处的结构,有了更清晰完整的印象。好比第一篇写戴斯蒙·麦卡锡的,以伍尔夫的讥诮质问开头,将"麦卡锡天赋异禀何以一事无成"作为贯彻全文的悬念,一笔一笔将这个人物勾勒完整。他的引用与叙述融汇交织,作者的态度几近于无,你得使劲辨别才能听见轻轻的喟叹,也就一两声而已。如此种种,倒是真有几分十九世纪英美散文的韵致。

《书会说话》里有相当一部分篇什,是从书里的世界跳脱出来,将视线凝聚在书这一物质本身。平日在电梯里撞上顾真,他十次有八次揣着新到的快递。看他的神情,若用鲁迅那句"仿佛抱着十世单传的婴儿"来形容,一点都不夸张。每每此时,我就知道他又从世界的某个角落淘来了某本旧书的好版本。顾真家里当然没有矿,因此他的藏书癖好一不靠砸钱,二没有投资报酬的计算,只凭着趣味与知识打底，一本一本地收，一点一点地把旧时光搬运过来。这份"得其所哉"的笃定，注入他笔下的一段段"藏书记趣"——讲那些插图的掌故，旧书店里的好导游，书痴的可爱情状。随手翻到哪一页，跟着他走上一段，都颇有祛烦降燥的功效。在我看，这"慢了小半拍"的独特节奏，正是整部书的魂魄所在，也是书何以"会说话"的真正原因。

我把这本书献给你,年轻人,不过你并不会感到满意。你会疑心我是在嘲笑你。我承认,我是有点不怀好意。过去三十年里,正是因为你,我才一直没有将自己的报刊文章结集,结果等到我终于下定决心做这件事,却发现我写太多了,读都读不完。若非洛根·皮尔索尔·史密斯(最初还是通过你,我俩才交上朋友的)答应替我选编,这本文集和后续的作品根本不会放到一起出版。我也试过自己来编集子,你却每每站在我左右,浇灭对任何一个准备出书的作者来说都必要的那一点点自恋。我很怕你,因为我知道你自视极高,我要付梓的文字都无法满足你的期许。为什么,我问道,既然你也认为我写的一切不一定毫无价值,却会完全配不上你呢?我敬佩你的高标准,但你对待我的样子就像一个焦虑过头的母亲因为女儿并非人群中当仁不让的女王,就不让她在舞会上充分展现自己。

——戴斯蒙·麦卡锡,《致二十二岁的戴斯蒙·麦卡锡》

戴斯蒙·麦卡锡：成就斐然的失败者

一

1919年1月，病痛初愈（"拔掉一颗牙齿，加之精疲力竭，犯了头疼，我卧床了两个星期"）的弗吉尼亚·伍尔夫决定每天晚上记录一点身边朋友的事迹，聊以自娱。她打算记下"他们的现状，描绘几笔他们的性格，再评估他们的工作，预测他们未来的作品"。关于戴斯蒙·麦卡锡（Desmond MacCarthy），她是这样写的：

> 要写戴斯蒙，困难在于你几乎是要被迫去描写一个爱尔兰人。他怎样错过火车，仿佛天生缺少航舵那样，只会随波逐流；他怎样一直在希望和计划，却踟蹰不定，靠伶牙俐齿一路通行，编辑原谅他拖稿，店

主原谅他赊账，还至少有一个贵族在遗嘱里留给了他一千镑……

伍尔夫说，麦卡锡懂得包容，懂得欣赏，可能是他们这群人里性格最好的一个，但他"发觉玩乐太快乐，靠垫太柔软，闲混太诱惑，我有时候感到，他已经丧失抱负"。文章结尾，伍尔夫想象这样一出场景：某天，她翻检着麦卡锡的书桌抽屉，在杂乱的吸墨纸和旧账单中找出未完成的稿子，拿回去编成薄薄一本"桌边闲谈"（table talk），证明给年轻一代看：戴斯蒙是我们中最有天赋的。——"但他为什么一事无成？他们会问。"

戴斯蒙·麦卡锡当然没有一事无成。在伍尔夫写下这篇后的二十年里，他是"布卢姆斯伯里文化圈"中最有大众影响力的评论家，也是伦敦文艺圈中最受欢迎的人物。他先在《新政治家》（*The New Statesman*）当编辑，然后继戈斯（Edmund Gosse）出任《星期日泰晤士报》（*The Sunday Times*）首席评论家。他在富豪朋友布雷特（Olive Brett，Lord Esher）的资助下创办月刊《人生与文学》（*Life and Letters*），刊载了罗素、阿道司·赫胥黎、马克斯·比尔博姆等一众名家的文章。更是身兼数职，为好几家媒体供稿，为海涅曼出版社审稿，为BBC定期录制节目，风光无限。他交际很多，日程很满，派对女主人都喜欢他、欢迎他，有他在，聊天就不会冷场；他的从容，他的儒雅，让所有人感到舒适。哪怕爽约，邀请者也会原谅他。据说他会同时答应梅费尔、布卢姆斯伯里和切尔西的三场饭局，最后不管现身哪一处，那边都为他保留了位子。从艺术家到政客，从运动员到学者，他都能交上朋友，哪怕是观念、信仰水火不容的两个人，也可以同时视他为知交。麦卡锡曾说，从十七岁到五十岁，每一年他都能收获一位挚友。

白天精力旺盛的他夜里却常常失眠，崇高的文坛地位并不能消除他的愧怍。那是一种永远在拼命赶路却总也赶不上的愧怍。他赶不上坐车，赶不上赴宴，赶不上交稿，最要命的是，赶不上写他想写的书。多年来，他相信自己能写出比肩托尔斯泰、亨利·詹姆斯和普鲁斯特的小说杰作，而且因为时常把雄心和灵感表达得天花乱坠，他的朋友比他更相信这一点。1931年，五十三岁的麦卡锡出版了《画像》初辑（*Portraits I*），自序剑走偏锋，是一封写给二十二岁自己的信："我把这本书献给你，年轻人，不过你是不会感到满意的。你会疑心我是在嘲笑你。我承认，我是有点不怀好意。"麦卡锡坦言，青年时代心比天高，可三十载春秋过去，付梓的只是区区评论集，完全不符合当年的自我期许。他说，这封信不仅写给1900年的自己，也写给所有梦想当文学家却不得不靠给报刊撰稿糊口的年轻人。撰稿人的职业固然不错，但危害也不小，因为"思想的果实尚未成熟，就要采摘来招待客人"（must ever be cutting his thoughts in the green and serving them up unripe）。他向曾经的自己道歉："我让你失望了。"

二

戴斯蒙·麦卡锡1877年5月20日生于普利茅斯，父亲是英国中央银行英格兰银行的高级职员，母亲出身世家，是一位脾气古怪的普鲁士贵族奥托（Otto de la Chevallerie）之女。麦卡锡天资聪颖，作为家中独子，从小受到父母倾力培养。他先后就读于斯通豪斯学校和伊顿公学，十七岁考上剑桥，入学三一学院，遵父命随名师学习历史。在剑桥,性格开朗又擅长体育的他非常活跃,结交了许多终生好友。他剑桥时代最重要的一个事件是加入秘密社团"使徒会"(Apostles)。"使徒会"资格门槛很高,须经过长期考察,确保人品足堪信赖,成员在离校三年后自动引退,"羽化升天"(to become "an angel"),但依然可以参加内部聚会。他在"使徒会"的活动上认识了伦纳德·伍尔夫(Leonard Woolf)和斯特莱切(Lytton Strachey),还通过弗吉尼亚的兄长托比(Thoby Stephen)与斯蒂芬家族结缘。"布卢姆斯伯里文化圈"初具雏形。与麦卡锡关系最亲密的是哲学家摩尔(G. E. Moore),摩尔只比他大三岁,却是年轻"使徒"们的精神领袖。多年以后,伦纳德对此依然津津乐道:

> 这是我常常乐于回顾的一幅画面:戴斯蒙站在火炉旁,用他温柔的声音讲述着一个离奇的长篇故事,而摩尔或是靠在沙发上,或是陷在扶手椅里,烟斗通常已经熄了,在一阵止不住的大笑中从头到脚都在颤抖。

戴斯蒙·麦卡锡（陆灏 绘）

后来供职《新政治家》时，麦卡锡给自己起了个广为人知的笔名——"慈祥的鹰"（Affable Hawk），自嘲不修边幅的外表，也寓意追求以友善的目光洞明世事的境界。不过，青年麦卡锡差不多是另外一番面貌。1903年，伦纳德·伍尔夫初次见他，麦卡锡二十六岁，刚结束一轮老派的"壮游"（Grand Tour）回国，逸兴遄飞，英气逼人，无论说什么都能让听者如痴如醉，"他看起来像一只极为雄健的小鹰，只要挥一下翅膀，想飞多高就能飞多高"，"好心的仙子慷慨赐予了他每一种可能的天赋，尤其是每一个想要当作家或者小说家的人渴望的天赋"，在伦纳德和许多同辈友好眼里，那时的麦卡锡把整个世界都踩在脚下。

1906年，麦卡锡加入《自由党发言人》（*The Liberal Speaker*），撰写剧评，热心推介萧伯纳作品。四年后，他与罗杰·弗莱、克莱夫·贝尔结伴游览巴黎，拜访古董商和收藏家，回到伦敦在格拉夫顿美术馆（Grafton Galleries）策划了"马奈与后印象派"画展，马奈、塞尚、高更、毕加索等的画作让英国人大感震惊，一时恶评如潮。据说《每日电讯报》的艺术评论家克劳德·菲利普斯（Claude Phillips）走出美术馆的时候，把目录扔在门口，狠狠踩了几脚上去。除了广泛的人缘和灿烂的口才，麦卡锡给身边朋友留下的另一大印象是混乱的时间管理。与他伊顿公学式的温文尔雅相伴的是慵懒与随性，他会忘记约会，忘记账单，甚至把作者托付他审读的稿子忘在公共汽车上。爱德华·马什（Edward Marsh）是他剑桥求学时期就开始来往的老友，后来还成为他的编辑。马什在自传《一些人，一些事》（*A Number of People: A Book of Reminiscences*）中说他"受邀不赴，借书不还"（a non-conductor of invitations, a quicksand for borrowed books），还讲了一则关于早年间麦卡锡如何赶稿的趣事：某个星期天的晚上，马什陪着麦卡锡一直忙到天亮，帮他把一篇支离破碎的写塞缪尔·巴特勒的文章整饬出条理来。这篇文章是《新季刊》（*New Quarterly*）的约稿，编辑部给了他整整六个月时间写作，第二天星期一就是截稿日了。当时马什心想，如果他是这样给季刊写稿的，那月刊和周刊又当如何？日报？更是不堪设想！他感慨道，麦卡锡后来能够靠给报刊撰稿勉强安身立命（keep his head above the water as a journalist），真算得上奇迹了。

三

D. J. 泰勒在《散文工厂：1918年以来的英格兰文学生活》(*The Prose Factory：Literary Life in England Since 1918*)中试图探讨过去百年间影响文学产业的各种因素和这些因素塑造我们文学趣味的方式，论及"布卢姆斯伯里文化圈"的章节给了戴斯蒙·麦卡锡不少篇幅。泰勒说，青年麦卡锡之天赋异禀、前途无量，这几乎是布卢姆斯伯里成员的共识。可他是不折不扣的"社交动物"(a social animal)，总也沉不下心来写作，妻子莫莉隐忍多时，在给丈夫的信里大发脾气，说再这样下去，他们的孩子会嫌弃父亲是个既没钱又没事业的老懒汉，催促他赶紧找个阁楼躲起来，"给我写写写"。莫莉还向朋友抱怨道："戴斯蒙没救了，他就像只小狗，门一开就往外窜。"为了逼他创作，莫莉组织布卢姆斯伯里的友人建立"回忆录俱乐部"(the Memoir Club)，会员不定期聚会，朗读新写的回忆录片段。奈何这番努力还是败给了麦卡锡优雅的延宕。年复一年，麦卡锡为何写不出真正重要的作品成了布卢姆斯伯里圈内一大未解之谜(one of the great Bloomsbury Puzzles)。

作为麦卡锡亲近的朋友,伦纳德·伍尔夫在五卷本回忆录卷三《重新开始》(*Beginning Again*)中,对他何以没有兑现年少时的潜力做了详细的分析,入理入情,值得一读。伦纳德认为,如果你立志写出一流作品,就不要指望白天靠给报纸供稿或者去出版社上班养活自己,晚上再认真写作,"哪怕当一个厨子、当一个园丁也比写一堆二流东西或者摆弄书本强"。当所谓的撰稿人,对年轻作家是陷阱,是幻象,因为写出的稿子不管是否署名,作者都会莫名其妙逃避掉某些责任。另外,麦卡锡的"拖延症"简直病入膏肓:

> 当他觉得自己应该做某件事了,不管那件事是什么事,他立刻会感到完全无能为力,然后去做别的事,不管什么事都行,来避免做那件应该做的事。那件应该做的事究竟是什么事并不重要;甚至可能是他其实想去做的事,但如果那件事同时是他意识到自己应该做的事,他会不由自主去做他并不想做的另一件事,只为不让自己去做那件他应该做也想去做的事。

回忆录俱乐部（瓦妮莎·贝尔 绘）

所以一旦麦卡锡发愿写他向往写出的小说，写小说随即变成了分内的辛苦劳动，到头来他往往会求助于给报刊写稿来避免这种苦劳：报刊文章是他逃避写作严肃小说的避难所。麦卡锡有智慧、懂幽默，想象力丰沛，语言天赋高超，可以精准描绘一个人物、一幅景象、一次冲突，这些都是一流作家的必备素质。他写亨利·詹姆斯、乔治·梅瑞迪斯、哈代等名家的文章既是目光如炬的文学评论，又是生动有趣的个人回忆，不过，像小说家那样条理清晰地组织材料、谋篇布局本非其所长，况且很多时候，能力并不等于胆量。敢于出版自己投入巨大心血的作品，交付世人品评，需要对自己狠下心肠。伦纳德说，一个作家在出书前应当说出这样的话来："我不在乎别人怎么说我的书和我这个人；我要出版它，让别人见鬼去吧！"（I don't care what they say about it and me; I shall publish it and be damned to them.）作家必须为自己写的东西负责，必须在公众面前充满美感地脱下衣服，跳进纷繁意见的冰凉河水。可麦卡锡一动笔写小说，时时瞻前顾后，处处生怕言不及义，眼看就要掉入自我怀疑的泥潭，只好赶紧抓住书评、剧评的救命稻草；给《星期日泰晤士报》撰稿他可以放低标准，因为"他不是为千秋万世写作，而是为一个短暂的周末"（not writing sub specie aeternitas, but for a short weekend）。

一战中，麦卡锡赴法国服务于红十字会，同毛姆建立深厚友谊。当时的毛姆已是成功的剧作家，但尚未建立小说家的名声。他看到毛姆在改一份校样，好奇拿起来看，发现纸上改动极少。后来他知道，那是《人性的枷锁》！他感叹，小说家毛姆和剧作家毛姆一样讲究实际（business-like）。对完美的渴求不会困扰他；差强人意就足够了（the adequate will do）。麦卡锡虽欣赏毛姆，认为他是叙事的高手，到底学不来这套不跟自己较劲的经济学。他熟读十八、十九世纪英国和欧洲大陆文史哲经典，早年推崇梅瑞迪斯，后来拜服托尔斯泰，恨不得自己的作品凝萃古今杰作之所长，同时避开其所短。希腊人说，"最好"是"很好"的仇敌。麦卡锡过度执着于写出最好的小说，结果反为所累，被字网困住了手脚，连很好乃至尚可的小说都写不出来了。

四

麦卡锡夫妇晚年的一大欣慰是觅得塞西尔（Lord David Cecil）这位东床快婿，盛赞他是人间天使，"不仅有聪慧的头脑，更有聪慧的心灵，这比聪慧的头脑还要难得"（has a clever heart as well a clever head, which is rarer than a clever head）。许多年后，塞西尔的儿子儿媳为外公外婆立传，化用这句话做书名，再贴切不过，因为戴斯蒙·麦卡锡同样拥有"聪慧的心灵"。这让他在与人、与文字打交道时永葆理解之同情。比起思想观念和自然风景，他对翻覆莫测的人性更感兴趣。他的观点既符合常识，又富于想象力，他的文风优雅而晓畅，不故作高深，擅长见微知著，借助意象建立共情，他的目标读者是"有修养的大众"（cultivated general），而非困守书城的学究。麦卡锡欣赏兰多（Walter Savage Landor）的文笔，说清爽的作家好比清澈的泉水，看似缺乏深度，实则不然；深不可测往往是浑浊造成的假象（the turbid look most profound）。麦卡锡读书驳杂，诗文警句信笔掷出，俨然前两天从名流的家宴上新鲜听来。作为编辑,他的用稿宗旨从来是观点有趣、文字好看。他说过:通往文化的第一步是学会感受文学带给你的快乐。

报刊文章天生短命,再优秀的作者也只能获得现世的关注,文学史永远是小说家、诗人和剧作家的主场。中年以后,麦卡锡逐渐接受了现实。他不复当年写出不朽之作的壮志,并且心怀感恩,说虽然当批评家不是本意,但既然一不小心走到了这一步(I slipped into it),在文学评论里挥洒才情,传递热爱,也很好。他对斯夸尔(Jack Squire)说:"我们是成就斐然的失败者。"(We are admirably successful failures.)在那封信最后,他与二十二岁的自己和解了,说要不是自己的懒惰与散漫,根本不会读那么多好书,也无缘在闲暇中品味文学之美,那样的话,"作为批评家的我早就文思枯竭了"。

除了一册介绍宫廷剧院(Court Theatre)的小书,麦卡锡所有的作品都是报刊文章,他曾对斯特莱切说:"我得每星期赶三篇稿子,直到死去的那天。"1920 到 1928 年间,"慈祥的鹰"的专栏几乎每周更新,以慵懒著称的他其实产量惊人。他在一方天地里忙碌劳作,推好书,评新剧,说经历，忆故人，生前陆续出版了《画像》（只有初辑，没有续辑）、《批评》（*Criticism*）、《经验》（*Experience*）、《戏剧》（*Drama*）、《萧翁》（*Shaw*）等作品，身后又有《人文》（*Humanities*）、《回忆》（*Memories*）、《剧院》（*Theatre*）等文集问世。笔耕之外，从 1927 年开始，他在 BBC 的读书节目整整播送二十五年，他的声音成为一代英国人的记忆。1951 年，麦卡锡获封爵士，以表彰他在文学批评和阅读推广方面的卓越贡献。

麦卡锡年轻时身体健硕，老来却频受哮喘折磨。伦纳德在自传里回忆了他与麦卡锡的最后一次相见，暮景残光，令人倍加感伤。麦卡锡去世前不久的一个秋夜，十一点钟光景，伦纳德和他刚参加完一次"回忆录俱乐部"的聚会，走到街上。天气很冷，麦卡锡喘得很厉害，伦纳德扶他上车，目送他离去。在戈登广场的街角，他仿佛看到年轻的自己和麦卡锡在德文郡的山间漫步，同摩尔和斯特莱切一起参加复活节的读书会，"目睹朋友老病牵缠的苦难，猛然忆起他们年富力强的景象，再没有什么比这个更叫人难过了"。伦纳德戏言自己从未长大，或者说从未年轻过，所以永远怀旧，恍惚间难辨今昔，在自传的不止一处，感慨

"闭眼青春年少，睁眼垂垂年老"。

昔日门生莫蒂默（Raymond Mortimer）笑言，麦卡锡爱阅读胜过爱写作，爱聊天又胜过爱阅读。不止一位朋友说过，戴斯蒙是他接触过的最会聊天的人。伍尔夫夫妇曾经找伦纳德的秘书格林小姐偷偷速记他的言谈，这份记录如今不存，可据她讲，麦卡锡滔滔不绝，记下来却并不精彩。格林小姐的判断已无对证，但即便我们今天能看到那份记录，也未必会觉得多么惊艳。文字可以传达说话的具体内容，却绝难传达说话者的风神。还是伦纳德·伍尔夫的话：麦卡锡活生生的本人（the living person），他的声音语调，他句子转折的地方，他宽容、和蔼的笑容，他皱起的额头，他透着幽默闪光的敏锐眼神，一起造就了他的魅力。他不在了，这绝版的一切也随之云散。一个作者，如果本人远比作品有趣，被遗忘也许就是宿命，他的全部只属于那个时代。

1952年6月，麦卡锡回母校领受荣誉学位时因哮喘引发的支气管肺炎去世。如今他安眠在剑桥，与至交摩尔毗邻而居。可惜，后人终究没机会像弗吉尼亚·伍尔夫想象的那样去他抽屉里翻拾片玉碎金了。在伊妮德·拜格诺

（Enid Bagnold）的《自传》(*Autobiography*)里翻到下面这段，写她跟晚年的麦卡锡通电话：

> 在我中年（他晚年）的一天早上，他打电话来伦敦找我。
>
> "我清理了我的书桌，所有东西统统扔了。"
>
> "都有些什么东西？"
>
> "几个第一幕。几个第二幕。如果一部剧没写完，维尔吉利亚，那就等于没开始写。未完成的短篇小说。真是个悲伤的早晨啊。我坐着心想，"他标志性地轻轻一笑，"我写得多棒！"

"虽然罗马正在燃烧"

戴斯蒙·麦卡锡在1934年一篇回忆毛姆的文章里写道，小说家要建立一流声望，须同时做到两点：取悦大众（delight the many），讨好"精英"（satisfy the discriminating few）。有些作者选择先让专业人士惊艳，另一些则直接追求更广泛的认同，那种由小圈子向外扩展的声名，随着周界（circumference）变大，中心部分会逐渐式微（die away at the centre）。麦卡锡说，像巴尔扎克、狄更斯那样，先征服广大读者，再赢得那些自认为人贵言重的评论界权威不情不愿的赞赏，或许是确保持久声望更为稳妥的办法。文学家的成名方式是个人经营更是机缘，是命数，殊途难同归。毛姆的成名之路在他看来大致属于第二种。

麦卡锡是毛姆眼中英国唯二认真对待他作品的重要评论家——另一位是西里尔·康诺利（Cyril Connolly）。他对毛姆讲故事才能的评价切中要领——"他知道什么题材是大家都觉得有意思的，因为和莫泊桑一样，他既是艺术家，也是通晓世故之人，不然他的主题绝不会如此通俗易懂；与此同时，他的最佳作品不逊于任何人，无论在世的还是已故的"——想必让作者引为知音，但他说毛姆在文坛地位稳固（his position in the world of letters is now so sure），恐怕只可视作友情的偏爱了。评论界对毛姆从来不友好，在出版于1938年的《总结》里，他写过这样一段话：

> 我二十岁的时候批评家说我野蛮，我三十多岁的时候他们说我轻薄，我四十多岁的时候他们说我冷嘲，我五十多岁的时候他们说我能干，如今我六十多岁了，他们又说我肤浅。（《总结：毛姆创作生涯回忆录》，冯涛 译，上海译文出版社，2021年5月版，207页）

"我对自己的文学地位不抱任何幻想。"毛姆断言道。

《总结》由英国海涅曼出版社于1938年1月出版，两个月后尼尔森·道布尔迪公司推出了美国版，是毛姆酝酿多时、对他个人具有重大意义的写作生涯回忆录式作品，虽然他在全书开篇就澄清说"本书既非自传，也不是回忆录"。在《总结》的前半部分，毛姆详尽回顾了自己的作家职业生涯，后半部分则由他对人生各个阶段影响他思想的问题的探讨构成。写作《总结》时毛姆年过六十，初衷是为了立下作为作家的"遗嘱"，他眼看老之将至，虽说"一个人不会在他立完遗嘱以后马上就死掉"，但"立下遗嘱是为了以防万一"。事实上，他写完《总结》后又活了二十七年，其间更是写出了代表作《刀锋》。

从 1892 年至 1897 年，毛姆在伦敦圣托马斯医学院学医，取得外科医师资格。他的第一部小说《兰贝斯的丽莎》（*Liza of Lambeth*）即以他在伦敦贫民窟为产妇接生的亲身经历写成。《兰贝斯的丽莎》在文坛引起了一些关注，可他随后创作的几部小说都乏人问津，他便转而写作通俗戏剧，成为在商业上大获成功的戏剧家。戏剧带来的名利并没有让毛姆放弃当小说家的念头。1913 年，他暂停写戏，花两年时间写出了长篇小说《人生的枷锁》，正式回归小说创作。之后的二十年是毛姆一生中最为高产的时期，小说、戏剧左右开弓，直到 1933 年《谢佩》（*Sheppey*）上演失败，他从此完全转向小说。三十年后回过头来看这段历史，毛姆将自己第一次转型的成功首先归因于天赋："貌似我天生就拥有一种明晰晓畅的风格，知道怎么能写出轻松随意的对话。"同时，他也认为自己的天赋存在明显缺陷："我几乎没有隐喻方面的天分；我很少能想到富有原创性的、引人注目的明喻。热情奔放的诗意和席卷一切的高妙想象都是我力不能及的。"

在语言风格上，毛姆推崇明晰、简洁和悦耳这三个特质（依重要性排列），"简洁和自然方是至真标志"。和大部分文章家一样，他也是经过一系列模仿、探索和自我否定后才形成自己的风格。年轻时，他反复琢磨沃尔特·佩特和王尔德的遣词造句，尽管他承认这都是些"贫血的东西"，精巧的文辞背后是病态的品格，却难以抵挡华丽文藻的诱惑；后来他追慕英国文学的"奥古斯都时代"，热情研读斯威夫特和德莱顿等名家的作品，但又逐渐意识到，虽然斯威夫特的散文堪称无懈可击，但"完美"有一个严重缺点：容易变得乏味。约翰生博士能言善辩，与人交谈秉持理念"不要怕听者厌烦"（never be afraid to bore），毛姆则有个相反的理论，说作家落笔成文，要建立"比读者更为活跃的厌烦机能"，要抢在读者之前率先感到厌倦，"必须时刻对过于风格主义的倾向保持警惕"。

对有些人来说，聊天既能活跃思维又能放松精神，毛姆却视社交往来为畏途。不管谈话对象无聊还是有趣，他都不愿在对方身上花费太多时间。他生性喜静不喜闹，主动与人群保持距离，比起跟人打交道，他宁可居家读书，他甚至说："这个世界的歇斯底里使我感到厌恶，再也没有比置身一帮沉迷于剧烈的快乐或是悲伤之情的人当中更能让我体会到疏离感的了。"虽说毛姆素来不喜与人交往，却或许是个耐心的倾听者，更一定是个敏锐的观察者。他说自己不喜欢"整体意义上的人"，但对"单个的个体"充满兴趣。人性的复杂与这种复杂在每个人身上造就的矛盾与反差，让他感到兴味盎然：

> 自私和厚道、理想主义和耽于声色、虚荣、羞涩、无私、勇气、懒惰、紧张、固执以及畏怯，所有这些都可能存在于一个人身上，并能形成一种貌似讲得通的和谐。（《总结：毛姆创作生涯回忆录》，66页）

毛姆不愿意评价人，而是满足于观察他们。他对人的兴趣主要出于职业的考虑，他将人看作对自己写作有用的素材，并不掩饰功利的目的："如果从某人身上弄不到足够的材料，至少供我写一篇还读得下去的故事，我是不会和任何人共度一个钟头的时间的。"

第一次世界大战中，毛姆加入英国情报部门工作——这段间谍经历，不仅成为出版于 1928 年的小说《阿申登》（*Ashenden*）的灵感，更让他体会到了旅行与独处的美妙。时常变化的空间为毛姆带来了一个又一个"完全新鲜的人"，不停丰富着他小说家的人格。毛姆难以忍受周遭环境的一成不变，不愿自己的身心囿于一时一地，同样，也没有哪一种观念、哪一种信仰可以说服他抱定终生。幼时的毛姆一度是个虔诚的信徒，可很早就遭遇了信仰危机。陷入迷茫的他求助于经典作家的哲学和宗教著作，读柏拉图、读罗素、读基督教神秘主义作家，却始终没有得到答案。毛姆最终变成了一个不可知论者，认为"一个人信仰什么是无关紧要的"。他只愿意相信艺术，因为唯有艺术，才能解放艺术家的灵魂，"作家唯有在他自己的创作中寻求满足，才是真正保险的"。

《总结》出版后，名作家 V. S. 普利切特和格雷厄姆·

格林都给予了好评,也很受读者欢迎,美国版面世不久销量就达到了十万册。当然,想从书里捡拾文坛八卦的读者可能会失望,借由《总结》,毛姆是想给自己规划的"人生范式"(a pattern of my life)勾画出一个完整的轮廓,"因为完整的人生、完美的范式除了青年和成熟的壮年以外,也应该包括老年在内"。毛姆此书是以一贯的自我贬低口吻写就的,他说唯一有价值的生存方式就是个体完整的生存,随后又轻描淡写地多少否定了"范式"的作用和意义:

> 它只是因为我是个小说家而为无意义的生活所强加的某种东西。为了让我自己开心,为了满足我那类似一种机体需要的感受,我按照某种特定的规划设计来有意地塑造我的生活:有开端、有中段、有结局,就像我根据在这里和那里碰到的各色人等来构思出一出戏、一部长篇或是一个短篇一样。(《总结:毛姆创作生涯回忆录》,266页)

言下之意,他遵行的"范式"是为自己量身定制的:心无旁骛地写作,全情投入地生活——"虽然罗马正在燃烧，我们仍旧只能一如既往"。至于对别人的借鉴意义，毛姆虽不见得会在乎，却浓缩在了全书结尾他引用的路易斯·德·莱昂修士（Luis de León）的名言中："生命之美，也不过是每个人都应该以符合其天性和职分的方式去行动。"

早安，蒂凡尼

英格兰格罗斯特郡书商斯图尔特（Seumus Stewart）在旧书堆里爬梳了大半辈子，版本熟烂，又通装订，写出一册《藏书入门》（*Book Collecting：A Beginner's Guide*，1972），见识、趣味俱在。《初版书及其问题》一篇尤其好玩："一个收藏者如果一根筋买初版书，那用不着花多少钱就能把书架塞满。书籍的初版本不一定像大众以为的那样价格不菲。世上多的是初版书，因为一本书就算毫无价值，也有它的初版本。"四十多年过去，市场翻覆，文章里那些古椠珍本的价格已成历史，但热衷此道者的心态并无改变："理智的藏家不会什么初版初印都要，而是搜求那些他怀有特殊感情的作品，藉此拉近与心爱作家的距离——后来的印次或许更完美，却毕竟不是一本书最初问世的样子。"那日与一位收藏毛姆经年的好友闲聊，问起她搜罗初版书的初衷。她的回答很简单："当然是为了读啊。"都是《刀锋》，一本是海涅曼的英国初版，一本是新印的"佳酿版"（Vintage）平装，读起来有没有不同？看来，有的。

二十世纪英美文学名家名作的初版（the first state of the first issue of the first impression）在旧书市场上向来走俏，我想要的沃尔夫、海明威、菲茨杰拉德都贵，都要不起。想不到前两天竟误打误撞淘到一册英国 Hamish Hamilton 初版《蒂凡尼的早餐》（*Breakfast at Tiffany's*，1958），黑灰两色护封包裹大红书壳，一道花饰分开书名作者名，封底是杜鲁门·卡波蒂的速写像和简介。与更为常见的兰登书屋美国版不同，此书的英国版并不在版权页上标明印次。翻阅卡波蒂的书信，我们只能看到他对美国版的反应。收到贝内特·瑟夫（Bennett Cerf）寄来的样书时，他正在希腊。当地警察还差点把书当成了海洛因。卡波蒂很认可书的制作与设计，而兰登书屋版的《蒂凡尼的早餐》也如预期般畅销，重印了好几次。但英国初版显然没这么好的运道，查遍旧书网，在售的寥寥无几，倒因此更见稀缺了。

译文社的前辈说卡波蒂是天才，文字沾了魔力，句句可诵，《蒂凡尼的早餐》开头漂亮极了，百读不厌。卡波蒂晚年在《为变色龙奏乐》(*Music for Chameleons*)的前言里说,"蒂凡尼"为他写作生涯第二周期画上了句号。这部小长篇成书前,原定在 1958 年的夏天由《哈泼市集》(*Harper's Bazaar*)刊出,可临到发表,同卡波蒂私交不错的编辑卡梅尔·斯诺被解雇了,新编辑认为小说过于下流(racy),决定不予刊登。最终这部作品出现在了《时尚先生》(*Esquire*)上。卡波蒂自此同《哈泼市集》绝交:"再给他们登?哼,上他们门口吐痰我还嫌脏呢!"

藏书说到底藏的是故事。集藏初版书,是想寻进深巷,坐在古宅门口的矮凳上听当事人细数前尘梦影。哪怕回忆靠不住,掺进了好恶糅进了想象,也比局外人的二手编派来得有温度。

《蒂凡尼的早餐》出版后,评论界褒贬不一。卡波蒂的老相识威廉·戈扬(William Goyen)在《纽约时报书评版》撰文指责作者始终活在自己"矫揉造作"(doily)的小说世界里。恼火的卡波蒂在给朋友的信里直接说,"酸葡萄心理"害戈扬精神变态了。可十七年后,戈扬的太太居然写信请卡波蒂为她丈夫小说的二十五周年纪念版写推介文字——若不是脸皮厚,只能说是太健忘。卡波蒂回信道:

"麻烦请您丈夫回忆下当年他是如何评价《蒂凡尼的早餐》的,到时您就会明白,您的来信有多么荒唐。"戈扬夫妇大概没看过卡波蒂 1972 年的访谈《自画像》(Self-Portrait),其中有一个问题是:"您对朋友有什么要求?"卡波蒂答道:"首先,不能蠢。"

为什么没人收藏我呢？

常逛旧书网站 AbeBooks 的人，想必看熟了那句广告语：Passion for Books。又简洁又清亮，每次打开网页，不禁要默念上一遍。多年前在校园流动书摊上翻到一册书话汇编，名字也叫《为书燃情》（*A Passion for Books*，1999），哈罗德·拉比诺维茨（Harold Rabinowitz）和罗伯·卡普兰（Rob Kaplan）编，当即买下。周末居家无事，拣出闲读。前言就气象不凡，到底是雷·布拉德伯里的手笔。这位《华氏451》的作者自剖心迹道："构成我过往的皆是书，鲜有其他"，"我生命中的女人无非图书馆员、语文教师和书商……我总是渴望受教育，而枕边私语最合我意。"

《为书燃情》辑录了古今关于书籍的近六十篇文字，有完整的篇什也有零散的段落。浏览目录，只见星光熠熠：瓦尔特·本雅明、翁贝托·埃科、苏珊·桑塔格、福楼拜、弥尔顿，等等。不少是久已读过的名篇。也有相对冷门作者的文章，"集锦"（treasury）中收录的这部分作品或许更能见出编者的眼光与匠心。罗伯特·本奇利（Robert Benchley）的《为什么没人收藏我呢？》（Why Does Nobody Collect Me?）便是其中很有意思的一篇。

此文是针对"失去理智"的藏书界而作。本奇利愤愤不平，为何同为作家，他的老朋友海明威的初版书能走俏市场，而自己的不管是绝版书还是签名本都乏人问津，只能待在旧书店蒙尘，"初版的古登堡《圣经》值钱，这我知道；或者，谁若有机会摸到作者签名本《坎特伯雷故事》，那也不妨当一回雅贼，可看到欧内斯特的初版书变得那么金贵，我不光吃惊，还隐隐有些沮丧"。他想不通，"我这个人和我写的书到底哪里同收藏者合不来啦？我英俊非凡，一口流利的法语，在文章里还能不时抖几个法语词儿……可我的名医朋友说，病人出院时会把不要的书留在医院，里面最常见的就是我的作品"，"明明我比海明威年纪大，写得还比他多！"

本奇利一边发牢骚一边自嘲一边讲了海明威为他题写签名本的两段往事。第一次是给仅仅印了一百七十册的初版《在我们的时代里》(*In Our Time*)题签,本利奇强调,他请海明威签名只是不想再听他唠唠叨叨讲打猎的奇遇了,"我费了好大劲才跟他解释清楚,我不是仰慕他的作品才请他签字,主要是想看看他究竟会不会拼写"。第二次轮到《永别了,武器》,海明威"毁书毁上了瘾,硬要亲手把那些被斯克里伯纳出版社的人用破折号代替的'污言秽语'一个一个重新填充进去"。他在扉页上的题词是:

E.(——).H. 给 R.(G).B.
修正版。空格填满。
非常珍贵。有销路。

罗伯特·本奇利一度是相当活跃的幽默作家,常给《纽约客》写戏剧评论,自己也演戏,无怪乎文笔毒辣。《为什么没人收藏我呢?》最先发表在1934年(第五卷)第二期的书迷刊物《科洛丰》(*The Colophon*)上,而海明威生于1899年,彼时的他,已经写出好几部传世之作。一个年仅三十多岁的青年作家,初版书已如此受人追捧,放到今天有点难以想象。那么,本奇利文章中提到的那版《在

在《科洛丰》上发表的《为什么没人收藏我呢?》

我们的时代里》如今到底市价几何呢？在 AbeBooks 上检索了下，最低价格在四万美元上下。再查查看本奇利的第一本书 *Of All Things*——不特别讲究品相的话，花三十美元就能买到一册了。

每次告别一点点

编辑之余,译了两本雷蒙德·钱德勒的侦探小说《长眠不醒》(*The Big Sleep*,1939)和《湖底女人》(*The Lady in the Lake*,1943),跟着硬汉主人公菲利普·马洛去了一趟上世纪三四十年代的"天使之城"洛杉矶。友人安迪先生建议收几种"好一点"的老版本作纪念,若是带有漂亮书衣,则更佳。在旧书网站上兜兜转转,把钱德勒代表作的英国初版、美国初版看了个遍,原来那么漂亮!可《长眠不醒》和《湖底女人》都是他早期的长篇名作,市面上保留书衣的初版难得,品相好的话,价格不免令人却步。相对而言,出版于1953年的《漫长的告别》(*The Long Goodbye*)市价尚算可以接受,买了一本带书衣的Houghton Mifflin Company初版过过瘾。虽然书品难称完美,稍加拾掇,灯下展阅,仍觉欣喜。

藏书名家P. H. 缪尔写过大量关于图书版本的文章与专

著，有些太深太博，我看不下去。常读常新的是书信体书话《藏书消遣》（*Book-Collecting as a Hobby*）及其续集《藏书消遣二辑》。缪尔从来不把集书、藏书视作一项高门槛的活动，认为甫入门的爱书人绝不应该为了所谓的升值空间而买书，纯粹出于自己的兴趣确定收藏门类方为正途。在缪尔看来，书痴追求心仪书籍的初版本合情合理："看看我们为什么要收藏初版书吧。以我之见，这主要是一个情感上的问题。初版书藏家想拥有一本书最初面世时的样子，因为那也是该书最初来到作者眼前时的样子。……在我看来，藏书的巨大魅力便在于它在作者和读者之间建立起了这一联系。"

缪尔说，初版书值得收藏，但过分执着于它们的书衣则有舍本逐末之嫌，实乃不智。因为书衣原本不过是一张素色的包装纸或者玻璃纸（glassine），初衷是在订户收到书之前保护书封整洁。没有装饰也没有广告，书到买家手里的那一刻，它的使命便终结了："如今，许多出版商在书衣的设计上动足脑筋，但书衣依然不能算作书的必要组成部分。"缪尔的书写于上世纪四十年代，以今天的眼光看，他对书衣的观念略显保守。他一定想不到，今日的旧书市场上,"现代初版本"(Modern Firsts)是否带有原始书衣已经成为考量其价值最重要的因素之一。

其实不止雷蒙德·钱德勒的初版书珍贵,类型小说名家如阿加莎·克里斯蒂、达希尔·哈米特、詹姆斯·M. 凯恩等的作品都为藏家所热捧。揆其原因,似乎有二:一是为了让这类书在书店里博得大众眼球,出版方会请设计师把书衣绘制得格外醒目靓丽,而当时像 Knopf、Hamish Hamilton 等出版社的审美眼光着实不凡;二是这些类型小说在过去的很长时间里并没有获得经典地位,多数读者不会刻意保存,随买随读,互相借阅。世事流转,初版本的大部分书衣都已从世界上消失了——有些书贾会把后印本(later printings)的书衣包在初版书上提升其价值,往往难以甄别,所以在购买一本初版书的时候,前勒口上的标价是否"未裁"(unclipped)也很关键。《漫长的告别》书衣出自给不少童书配过插图的沃尔特·洛林(Walter H. Lorraine)之手,色彩冶艳,元素诡谲,月黑风高夜看上两眼,森然逼人。

钱德勒出生在芝加哥,七岁父母离异,之后跟随母亲去英国,待到重返美国时已二十有四。他在英国老牌公立学校里受过相当程度的古典教育，身上始终弥漫着一股挥之不去的书卷气。他轻视海明威的文风，不止一次在小说里加以调侃，"这家伙把相同的东西说了一遍又一遍，直到你开始相信那一定是好的"。他推崇的是海明威的同辈菲茨杰拉德，在给戴尔·沃伦（Dale Warren）的信（1950年11月13日）里，夸赞菲氏的作品富有魔力。

钱德勒的侦探故事注重文笔，注重对话，起承转合不算出人意表，让人入迷的是字里行间无可救药的浪漫主义气息。《漫长的告别》或许是他最受欢迎的作品，书中不少句子早已成为书迷传诵的经典。就是这个穷困而不潦倒、爱喝兼烈（gimlet）、开着奥兹莫比尔（Oldsmobile）、自称"独狼"（a lone wolf）的私家侦探菲利普·马洛，固执地守卫着自己的良知，在城市最污浊的角落里吟游，说出了"我的心空荡荡，就像星辰间的太空"，说出了"海浪温柔得犹如一位老妇人在吟唱赞美诗"，说出了"道一声告别，就是死去一点点"。

没人能带走你经历的事

　　《奥德赛》故事讲到第六卷，在海里九死一生的奥德修斯终于上了岸，他赤身躺在落叶堆里，沉入梦乡。风景宜人的河边，瑙西卡娅公主和仕女们浣衣、沐浴、野餐，随后玩起抛球游戏。女神雅典娜故意让奥德修斯被她们的尖叫声惊醒。他急忙从树丛折下几根绿叶繁茂的树枝，遮挡裸露的身体，"他浑身被海水染污，令少女们惊恐不迭，/个个颤抖着，顺各处河岸四散逃窜。/惟有阿尔基诺奥斯的女儿留下，雅典娜/把勇气灌进她的心灵，从四肢驱除恐惧"（《奥德赛》，王焕生 译，上海人民出版社，2014 年 7 月版，243 页）。丹尼尔·门德尔松《与父亲的奥德赛》开头，父亲问，他能否来旁听作者即将给大一新生开设的《奥德赛》研读课，参与讨论这部古老的史诗。父亲是位退休的研究型科学家，已经八十一岁，而他那些临时的同学才十七八岁，年纪不及他的四分之一。2011 年 1 月的一个星期五，父亲如约来到了教室，坐在一群青春年少的大学生之中，就像那天在斯克里埃岛，饱经磨难和沧桑的奥德修斯突然闯进了那唯美安宁的一幕。当然，学生们只会好奇地打量父亲，不至仓皇逃跑。

《与父亲的奥德赛》记录了那年一月下旬至五月上旬，父亲每星期一次来儿子课堂上研读《奥德赛》的历程，还有课程结束后，父子俩的最后一趟旅行：为期十天的地中海游轮航线"《奥德赛》巡礼"。旅行途中，作者发现父亲展现出了他从未了解的一面：开朗，亲和，善于倾听，深受同船的旅客喜爱。"《奥德赛》巡礼"的终点是希腊海域西部的伊萨基岛，据传即为奥德修斯的家乡伊塔卡（Ithaca）。在这部传为盲诗人荷马创作的史诗中，主人公奥德修斯率船队自特洛亚凯旋，却因刺瞎波塞冬之子独眼巨人而得罪海神，最终历经艰险才得以独自还乡。阴差阳错，游轮上的父子俩却没能到达行程的目的地。不过，作者确信，奥德修斯漫长旅途其真义并不在于抵达，而在于磨砺，"我们没能抵达伊塔卡，或许正是这趟富有教育意义的游轮之旅中，最'奥德赛'的一面"。

"请为我叙说一个人的故事,缪斯啊,那狡狯者/在摧毁特洛亚神圣的城堡后又到处漂泊……"——引子之后,特勒马科斯离家打听父亲的音讯,《奥德赛》就此开篇。门德尔松的父亲虽然没有失踪,父子的交集却随着时间的推移越来越少。在儿子的认识里,父亲聪明、严谨、要强,欣赏有秩序和规律的事物,微积分于他,是看透世界的必要训练,而作者偏偏从小对理科兴趣寡然,招致了父亲的失望乃至轻视。缺乏这方面情感的满足,作者不得不"在人生中一次又一次寻找父亲的替代品"。直到他大学选择了古典学专业。大学老师珍妮的口头禅是"你不能在没通读所有一手文献的情况下动笔写作",这句郑重的叮嘱承诺了求学问道的高门槛,却非但没有吓退门德尔松,反令他大感振奋:"我觉得自己若能投身这样一份受训之路遍布荆棘的事业,父亲或许会认可的。"父亲一向对复杂扎实的学问心怀憧憬,喜欢吹嘘自己曾经的拉丁语水准,说一度能读原版奥维德(虽然他将诗人名字错误地念作"哦维德"),可惜在有机会读难度更大的维吉尔之前就放弃了。《奥德赛》中,雅典娜说:"只有少数儿子长成如他们的父亲,多数不如他们,极少数比父辈高强。"儿子虽然对微积分一窍不通，却掌握了语法繁复的古典语言，可以通过古希腊语阅读原汁原味的荷马史诗，进而成为古典学教授，这样的成就足以让父亲自豪。

我们自然不能指望那些大一新生直接阅读原版的《奥德赛》，门德尔松在课上选用的也的确是英译本——《与父亲的奥德赛》中的希腊语和拉丁语引文，则由他自译为英语。运用词源学方法解读文本中的核心词汇是他课程的重头戏。"Journey一词的动人之处在于，许久以前，该词诞生之际，仅仅一日的行动，亦可视作一项壮举，一分足够艰巨的伟业，应当得到命名：journey。"而

> 英语中那个同时概括了voyage、journey与travel三个词各自带给我们的不同感受的单词——在距离之外亦囊括了时间，时间之外还顾及了情感层面那种艰巨与危险——源自希腊语而非拉丁语。那个词是odyssey。（《与父亲的奥德赛》，卓雨 译，上海人民出版社，2022年9月版，24页）

奥德修斯，字面意义即"与痛苦相系之人"，"旅行的是他，

遭罪的也是他"。至于作为一段良缘基础的 like-mindedness（情投意合），则译自 homophrosynê，其业已成为古希腊文学研究中的经典用词。

情投意合源于共同的记忆，生成人与人之间牵绊的，"是多年相处积攒下来的各种秘密、笑话、回忆，只有当事人才知道的点点滴滴"，零星琐事"构筑了最极致的亲密关系"。门德尔松作为古典学学者，当打开《伊利亚特》与《奥德赛》的时候，他回应着悠远的学术世系；作为一个儿子，他在写作这本回忆录的过程中将自己与父亲共同经历的往事重温了一遍，真正尝试去了解父亲的人生。回忆让人变得温柔，回忆也让人成长，不管是父亲还是作者本人，都在回望中学到了一些道理。特勒马科斯的故事是描绘人格塑造的"成长小说"的鼻祖，而作者在做的正是特勒马科斯做过的事。Homophrosynê。一个人的身体和容貌会为时间所改变，但没人能带走你经历的事，"你的记忆"。不论什么时候，我们都可以据此相认。就像《奥德赛》中，诗人细说奥德修斯腿上伤疤的历史，让老奶妈欧律克勒娅凭借这道伤疤认出他——"这一刻镀上了某种特殊的光泽。"

课上的讨论环节，学生踊跃发言，父亲也热烈地参与到讨论中。大家从一开始的不习惯，到逐渐接受了父亲的在场，甚至享受与父亲视角独特的观点灵感碰撞。父亲也乐于融入年轻人之中——在《奥德赛》面前，他们的年龄差距着实可以忽略不计。对于奥德修斯，父亲颇为不屑，认为他并不是个好领袖，正是因为他的鲁莽才害得手下人接二连三丧命；认为他只会耍小聪明，真实才干要打问号；认为他算不上对妻子忠诚，在仙女卡吕普索岛上的七年早已屡次出轨；认为他涉险过关往往仰赖天神襄助（父亲可能没有想过，没了这些神力干预，荷马史诗本身的叙事将难以成立）。奥德修斯的英雄地位本来就属异类，他主要以智计多端闻名，尽管他施展计谋是为了英雄的目的。不过，独眼巨人一节中奥德修斯的表现却连父亲也大加赞赏。那是奥德修斯历险故事的高光，也是父亲的最爱，"英雄的个性、长处与弱点在此一览无余"。奥德修斯和同伴受困波吕斐摩斯的山洞，情急之下他心生一计，说自己名叫"无人"（希腊语为 Outis，且发音与 Odysseus 相近，也就是说，他并没有完全撒谎），于是当同伴赶来救援时，巨人回答"无人在伤害我",奥德修斯遂利用这一巧妙的双关语逃出生天。

"父母对我们而言复杂难解,我们对父母来说却永远一目了然。"毕竟我们与父母相逢在他们人生的中途。翁贝托·埃科《如何带着三文鱼旅行》(陈英 译,上海译文出版社,2022年3月版)中有一篇《如何开始,如何收尾》,说他大学时热衷看戏,但囊中羞涩。他想出了一个好办法:在开演前十分钟赶到剧院,塞一点钱给一位职业观众的头儿,混进去。学校宿舍晚上十二点要关门,他必须在那之前回去,所以"在四年里我看了很多各个时代的著名剧作,都是有头无尾,错过了最后的十分钟"。后来他认识了一个曾在剧院负责检票的朋友,他的情况正相反,因为总有很多人迟到,他通常在第二幕结束时才能入场。埃科说,他可以想象晚年同这位朋友坐在乡间农舍的院子里聊天,一个讲开头,一个讲结尾,拼凑出完整的故事。门德尔松与父亲的关系也是如此。他大致了解父亲人生的后半段,但对于故事发展的前因,他记事之前父亲的生活,却终究只能从别人口中获得信息。父亲病危,他凝视着那张熟悉的脸，回忆起父亲讲过的话，怅然自失：

> 我想着这一切，又看看父亲，这也许是他人生的最后一晚，然后我想，这个男人是谁？我意识到，现在，我永远没法真正知晓答案了。(《与父亲的奥德赛》，卓雨 译，上海人民出版社，2022年9月版，336页)

2012年父亲去世后，他走访了父亲的兄弟和老友，随着心头的一些困惑慢慢解开，青年时代的父亲逐渐有了轮廓。

父亲从小天资过人，成绩优异，但每当站在个人前途的分岔口时，他往往不去选择看似更光明的那条路。他向往掌握古典语言，却没有精研至更高水平；他明明可以考上名校，却去念了另一所相对普通的学校；他拿到了公司的津贴读博，学位论文却半途而废。关于这些抉择，父亲都有自己的理由，搬出诸多不可抗因素，而多年来，作者也一直将父亲的解释当成真相，或是因为敬畏，或是因为懒惰，没有深究叙事背后其他的可能。采访完霍华德大伯和尼诺叔叔后，作者才明白，父亲远不像他自己说的那样勇敢，在人生抉择的关头，他其实是退缩了，宁愿不去尝试,"他一直以来害怕的——正是概率",面临失败的风险,放弃总归是更容易的道路。

约翰生博士在《诗人传》(Lives of the Poets)里说,史诗作者为头等天才人物,因为他们要结合创作其他文体所需的一切才能。确实,荷马的情节简单却伟大,荷马的风格轻盈而崇高,荷马的人物既遥远,又清晰。父亲在"《奥德赛》巡礼"途中经常感慨,比起遗迹,"史诗感觉更真实!"门德尔松书里还有句话:"我们都需要通过叙事来理解这个世界。"人无完人,每个人都有故事要讲,只不过"有些故事要过久一点才说得出口"。奥德修斯的故事经常张口就来,最精彩的一段是他对着雅典娜假扮的牧羊人,煞有介事编造起自己的身世,他的急智令智慧女神也赞叹不已。故事之中嵌故事的"环套结构"在《奥德赛》中随处可见,《与父亲的奥德赛》也运用了这一写法。父亲向小辈讲述自己人生时的虚构做法,既是自我保护,也是讲故事的本能使然——他与奥德修斯之间,并没有表面看起来那样不同。不管在什么年纪,父亲都是个生命力旺盛的人——《伊利亚特》称颂早逝的诱惑(阿喀琉斯:"我选择短暂的生命和长久的声誉。"),《奥德赛》恰恰赞美生存的欲望,父亲会在人生步入最后阶段时发愿研读这部史诗,其深意正凝结在卡瓦菲斯的那几句诗里,纵然旅行的目的地常存心中,我们也切莫匆促赶路,不妨享受岁月悠长:

> 那时当你上得了岛你也就老了,
> 一路所得已经教你富甲四方,
> 用不着伊塔卡来让你财源滚滚。

真的，看到你能把纯粹的艺术眼光和卓越的想象力结合起来，我很惊奇，还微微有点担心（因为既然你有孩子，名声这东西按理就该归我了）。

——1926 年 6 月 2 日，弗吉尼亚·伍尔夫致瓦妮莎·贝尔信

瓦妮莎·贝尔：霍加斯书局的"艺术总监"

一

伦纳德·伍尔夫（Leonard Woolf）的五卷本回忆录是关于"布卢姆斯伯里文化圈"的重要资料，尤其第四卷《一路走下坡》（*Downhill all the Way*，1967），记录了1919年至1939年间的往事，覆盖伍尔夫夫妇创办的霍加斯书局（The Hogarth Press）的全盛时期，内容丰富，十分有意思。和妻子弗吉尼亚的天马行空不同，伦纳德为人严谨，对各种数据记载甚详，但也会不时冒出来一些有趣的观点，比如他说，一个人应该每七年换一份工作。他1923年起在老朋友凯恩斯等人收购的《国民与雅典娜神殿》（*The Nation and Athenaeum*）周报担任文学编辑，四年后渐渐对缺少变化的工作难以忍受："时不时地，我会强烈渴望独处，关上门，拉下百叶窗，一个人待上一两天。当这种渴望向我袭来时，哪怕敲门的是莎士比亚或蒙田，我也会假装不在家。"他向凯恩斯提交辞呈，自然被拒，几经协商，勉强同意降薪留任，薪水从一年400镑降至250镑，每周只需去办公室两次（星期二和星期五）。但只过了三年，伦纳德还是决意辞职——时间上完全符合他说的"七年之痒"。

伦纳德能任性地炒老板鱿鱼，底气主要来自经济收入的改善：霍加斯书局事业蒸蒸日上。从他不厌其烦罗列的数字里，我们可以看到从1924年到1929年，霍加斯书局和弗吉尼亚·伍尔夫的收入呈逐年递增的趋势，后面虽有起伏，却多年保持着良好水平。格外值得注意的是1928年——这一年，弗吉尼亚的年收入从748镑一下子飞跃到了1540镑，扣去花销后的整体净收益结余有了显著提升。这一切要归功于长篇小说《奥兰多》的出版。根据伦纳德的记录，1924年，弗吉尼亚在书上的稿费收益一共才37镑（当时她已经出版了三部长篇《远航》《夜与日》《雅各的房间》，一部短篇集《星期一和星期二》），另外的128镑收入靠的是给报刊写稿。随着《达洛卫夫人》《普通读者》等一系列佳作的问世，弗吉尼亚的收入稳步提高，而《奥兰多》

Income in £'s

	LW	Hogarth Press	VW	Other	Gross Income	Tax	Net Income	Expenditure
1924	569	3	165	310	1,047	126	921	826
1925	565	73	223	404	1,265	114	1,151	846
1926	499	27	713	419	1,658	144	1,514	962
1927	352	27	748	369	1,496	183	1,313	1,193
1928	394	64	1,540	347	2,345	268	2,077	1,117
1929	357	380	2,936	323	3,996	859	3,137	1,120
1930	383	530	1,617	345	2,875	796	2,079	1,158
1931	258	2,373	1,326	411	4,368	1,376	2,992	1,224
1932	270	2,209	2,531	321	5,331	1,278	4,053	1,153
1933	263	1,693	1,916	327	4,199	1,262	2,937	1,187
1934	202	930	2,130	353	3,615	1,086	2,529	1,192
1935	208	741	801	458	2,208	683	1,525	1,253
1936	263	637	721	477	2,098	683	1,415	1,230
1937	271	77	2,466	524	3,184	315	2,869	1,122
1938	365	2,442	2,972	570	6,349	2,462	3,887	1,116
1939	778	350	891	802	2,821	974	1,849	1,069

伦纳德·伍尔夫记录的收支一览

成为她作家生涯的转折点，单英国版就在头六个月里售出了8104册，是前一年问世的《到灯塔去》整年销量的两倍多，该书的美国版更是在上市半年时间里售出了13031册。之后弗吉尼亚推出的《一间自己的房间》（1929）、《海浪》（1931）、《弗勒希》（1933）等作品均在英美两地大获成功，带给了作家本人和霍加斯书局可观的收入，正如伦纳德说的那样："1928年后，我们的经济状况一直不错。"

霍加斯书局的成功并不单单依靠弗吉尼亚文学才能的喷发。伍尔夫夫妇做出版很有一套自己的思路，选题力求新颖，宣传不事张扬，尤其在书怎样才算"漂亮"（look nice）这一问题上，很少让步。哪怕一时不为大众接受，乃至被书店拒之门外，依然能坚持独到的品位和审美。时隔四十多年，伦纳德回忆起当年的情形依然有几分耿耿于怀，说大部分人就跟驴子一样，一定要面前悬着一根胡萝卜才肯往前走，还一定得是那种他们祖祖辈辈认可的、唯一正确的胡萝卜。不管是内容还是外观，霍加斯出品的书在当时显然是一根陌生的胡萝卜，"但今天来看这些书，任何一个书商都会承认它们制作精良，书衣设计令人赞叹"。谈霍加斯出版物的装帧设计，当然绕不开弗吉尼亚的姐姐瓦妮莎·贝尔（Vanessa Bell）了。

二

瓦妮莎是莱斯利·斯蒂芬（Leslie Stephen）的长女，生于1879年，比弗吉尼亚长三岁。在"布卢姆斯伯里文化圈"中，瓦妮莎虽不是公众眼中最耀眼的名人，却拥有"布卢姆斯伯里的女王蜂"（Queen Bee of Bloomsbury）之称，一度扮演着沙龙女主人的角色。每周四的晚上，斯特莱切、凯恩斯、邓肯·格兰特等一众文人雅士会齐聚在她戈登广场的家里谈天说地。跟弗吉尼亚一样，瓦妮莎很早就对未来的职业有清晰的概念，在《漫谈童年弗吉尼亚》（Notes on Virginia's Childhood）一文中，她说："在我记忆里，弗吉尼亚一直想当作家，而我一直想当画家。"

1917年，霍加斯书局推出第一本书《两故事》（*Two Stories*），收入了伍尔夫夫妇的两个短篇小说，卷首有卡灵顿（Dora Carrington）所作的木刻画。瓦妮莎看后技痒难耐，主动请缨为弗吉尼亚的书配插图。1919年5月出版的

《邱园》（*Kew Gardens*）标志着姐妹俩正式合作的开始，瓦妮莎为此书贡献了一幅扉画（frontispiece）——1927年的新版《邱园》更是每页都有瓦妮莎设计的装饰。从此，弗吉尼亚的书全部交由瓦妮莎设计书衣或配插图。随着妹妹的名声越来越大，瓦妮莎的装帧设计也成为霍加斯版弗吉尼亚·伍尔夫作品的"标配"，逐渐为世人所认可。

瓦妮莎于1894年开始学画，1901年至1904年，在皇家艺术学院（Royal Academy of Arts）拜入知名画家萨金特（John Singer Sargent）门下修习。1910年，瓦妮莎参观了后来成为她情人的罗杰·弗莱（Roger Fry）组织的"马奈与后印象派"画展，高更、梵高、马蒂斯等人的作品给她留下了深刻印象，在感叹"如果不能表达观念或者情感，忠于自然就毫无意义"之余，她自己的创作也转向抽象。

霍加斯成立最初几年，出版的书市场反响平平，瓦妮莎的封面也不为公众所理解，这让她一度有点自我怀疑。1922年10月底，《雅各的房间》出版，由瓦妮莎绘制书衣，伦纳德建议的字体，弗吉尼亚挑选封面颜色，结果三人通力合作并且感到颇为满意的产品销量不佳，瓦妮莎的设计更是遭到了书商的一致诋毁和部分读者的讥笑，因为封面过于简略，既看不到美女的倩影也看不到雅各或者房间，只透出"惹人厌恶的后印象派味道"。这种情况持续了好几年，直到1925年《普通读者》第一辑出版后，弗吉尼亚还在5月4日的日记中提到两篇批评文章，分别攻击她的新书和瓦妮莎的封面："《乡村生活》上有篇评论语气嘲讽，想解释何谓'普通'读者，却又虚弱得话都快说不清楚；安格斯①告诉我，《星报》上还有一篇评论笑话瓦妮莎的封面。"不过，不管外界抱持怎样的敌意，伍尔夫夫妇始终肯定瓦妮莎的设计，在写给姐姐的一封信中，弗吉尼亚这样称赞《到灯塔去》的书衣："我倒是希望封面上有你的落款②。个人觉得很好看……你的风格独一无二，因为非常真实，所以会带给人十足的不安。"在伦纳德眼里，出版于1938年的《三个基尼》的书衣堪称瓦妮莎的最佳作品。

最初在霍加斯当实习生、后来成为书局合伙人的约翰·莱曼（John Lehmann）在回忆与伍尔夫夫妇交往的作品《伍尔夫夫妇与霍加斯书局》（*Thrown to the Woolfs*,

---

① 指作家、出版人 Angus Davidson（1898—1980）。1924 年至 1929 年，他在霍加斯书局工作。
② 《到灯塔去》的书衣上没有瓦妮莎常用的落款 V. B. 或 V. Bell。

1979）中引了瓦妮莎的一封信，说她给弗吉尼亚的书设计封面前往往并不细读内容，而是根据概要自由发挥。这恰恰印证了瓦妮莎自己的观点，她认为艺术与技艺（craft）不同，要用心灵（mind）去把控一切感觉。不过，瓦妮莎设计封面绝非草率为之，对她而言，绘画是表达情感最经济的方式，寥寥数笔的背后或许是旬月踟蹰。在给弗吉尼亚·伍尔夫《一间自己的房间》（1929）的封面定稿前，瓦妮莎画了一整本素描本的草图。而在为弗吉尼亚的一本本新作设计书衣、配插图的过程中，瓦妮莎的风格也从大胆泼辣（bold）趋向讲究装饰性（decorative）。

对早年间的霍加斯书局来说，瓦妮莎不仅是主要的封面设计师，更扮演着类似"艺术总监"的角色。除了给霍加斯出品的书籍做封面和插图，她还设计了出版社的商标，即著名的"狼头"标志。在瓦妮莎的传记作者斯帕丁（Frances Spalding）看来，她为霍加斯的出版物奠定了风格。上世纪二十年代末三十年代初，霍加斯书局的事业伴随着弗吉尼亚作品的走红迎来了腾飞，与此同时，瓦妮莎的名声也达到了高峰。虽然瓦妮莎一直认为自己作为画家的成就根本不能与妹妹作为作家的成就相比，但其实《到

瓦妮莎·贝尔为霍加斯书局设计的部分书衣

灯塔去》也好，《海浪》也罢，弗吉尼亚的许多写作灵感皆源自瓦妮莎，她甚至说过这样的话："我是为你而写的。"（I'm writing for you）。从小到大，姐妹俩始终互相影响，互相成就。在弗吉尼亚 1941 年去世后，瓦妮莎继续给她身后出版的作品，如《飞蛾之死》（1942）、《作家日记》（1953）、《弗吉尼亚·伍尔夫与利顿·斯特莱切通信集》（1956）、《花岗岩与彩虹》（1958）等设计封面。

三

除了 1919 年之后弗吉尼亚·伍尔夫的所有作品，瓦妮莎也给霍加斯书局的其他书设计封面。伦纳德一度致力于开发"小册子"（pamphlets），大部分出版商都因为经济原因不敢染指这一书籍形式，他却接连策划了"霍加斯随笔"（Hogarth Essays）、"霍加斯当代诗人"（Hogarth Living Poets）、"霍加斯书信"（Hogarth Letters）等好几个系列，颇成气候。这些雅致小书通常只有二三十页篇幅，其中不少封面便出自瓦妮莎之手。另外，亨利·格林（Henry

Green）初版于 1946 年的代表作《回来》（*Back*），书衣也由瓦妮莎设计。关于亨利·格林在霍加斯出版的作品，有一件趣事值得一提。1977 年，霍加斯重版了格林的第一部小说《盲》（*Blindness*），配有华丽的书衣，设计师安格丽卡·加内特（Anglica Garnett）正是瓦妮莎与邓肯·格兰特的女儿。时隔三十年，母女俩为同一家出版社设计了同一位作家的作品封面，也算得上一段文艺佳话了。

虽然瓦妮莎几乎是霍加斯书局的"御用设计师"，她偶尔也会为其他出版社创作书籍封面。英国老牌出版商查托与温都斯（Chatto & Windus）在 1936 年推出过一本《马拉美诗选》（*Some Poems of Mallarmè*），书衣即由瓦妮莎操刀设计。这本《马拉美诗选》的译者是当时早已同她从情人重新变为终生好友的罗杰·弗莱，评注者则是弗吉尼亚·伍尔夫赞赏有加的查理·莫隆（Charles Mauron）。而且，马拉美是她和弗吉尼亚都很喜欢的诗人，能为此书设计封面，她倍感愉悦。在给儿子朱利安·贝尔的信（1936 年 7 月 5 日）中，她说拿到此书校样，激动非常，构思着在书衣上画一幅静物画（I suppose I must do some kind of still life for the jacket）。

二十五岁时，瓦妮莎向妹妹写信，说她欣慰的是自己永远不会有名到有人为她立传。当然，后来的事实远远超出了她的估计。瓦妮莎沉默寡言，朋辈把酒言欢之际，她习惯于默默站在一旁，做一个含笑的欣赏者，妹妹弗吉尼亚甚至说她"安静得像一座墓穴"。作为画家，瓦妮莎很少谈及自己和对艺术的看法，即便别人问她，她也不怎么发表意见。更糟的是，她为"回忆录俱乐部"最初十四年所写的文章今已不存。要想直接了解瓦妮莎的思想，除了她的《书信选》（Regina Marler 编，1993），我们或许可以读读艺术史家贾切罗（Lia Giachero）将她有限的回忆文章汇编而成的《笔墨速写》（*Sketches in Pen and Ink：A Bloomsbury Notebook*，1997）——瓦妮莎的文字同她的绘画一样凝练，一样真实。

"头号白痴"

伦纳德·伍尔夫的五卷本回忆录第三卷《重新开始》(1964)写1911年至1918年间事,止于霍加斯书局草创阶段。原来,伍尔夫夫妇学习制书的初衷是为了让弗吉尼亚在写作之余可以放松神经,而这家将被载入史册的出版社仅仅发端于一部当年价值约十九镑的小型手动印刷机(handpress)。霍加斯的第一种出版物是《两故事》(*Two Stories*, 1917),收录两个短篇:伦纳德的《三个犹太人》,弗吉尼亚的《墙上的斑点》。

大书商 A. S. W. 罗森巴哈将镇日在书苑里驰骋逐猎的人称为"猎书客"(book-hunter),他们眼观六路,时刻警惕,务求弹无虚发。可再挑剔的书痴大概也会对瓦妮莎·贝尔设计的霍加斯版伍尔夫作品缺乏抵抗力。从安迪公处借得一册《霍加斯书局的学徒工》(*A Boy at the Hogarth Press*, 1972),理查德·肯尼迪(Richard Kennedy)所著,听说内容有趣。花了一下午读完，果然文字和插图都落英缤纷，跟瓦妮莎那些书衣一样精彩。踏入霍加斯大门时的肯尼迪只有十六岁，稚气未脱又急于表现，难免口无遮拦。他搞混了 D. H. 劳伦斯和 T. E. 劳伦斯，看到瓦妮莎跌跌跄跄忍不住大笑。他问弗吉尼亚普鲁斯特是什么样的，弗吉尼亚·伍尔夫回答，她对法国烹饪不在行，不过法国菜味道倒很好。面对肯尼迪这样一个"小人物"，进出霍加斯的文坛名流不会太在意他的感受，呈现出的状态或许格外真实吧。

从1928年肯尼迪靠叔叔牵线进入书局，到1929年他因为订错"统一版"（the uniform edition of Virginia Woolf's Works）的纸张而被开除，霍加斯正处于业务兴旺时期。在给同窗好友的信里，肯尼迪写道："我上班的霍加斯书局是文学界的中心，整天有作家上门来。老板娘伍尔夫太太是著名作家，某种程度说来，地位比高尔斯华绥还高呢。伍尔夫夫妇瞧不上高尔斯华绥。"肯尼迪始终没有为尊者讳，事实上，他对弗吉尼亚·伍尔夫的作品和为人都持保留意见。当时正值《奥兰多》热销，他却认为论人物塑造，伍尔夫的功力不及屠格涅夫，虽然又隐隐觉得这有点大逆不

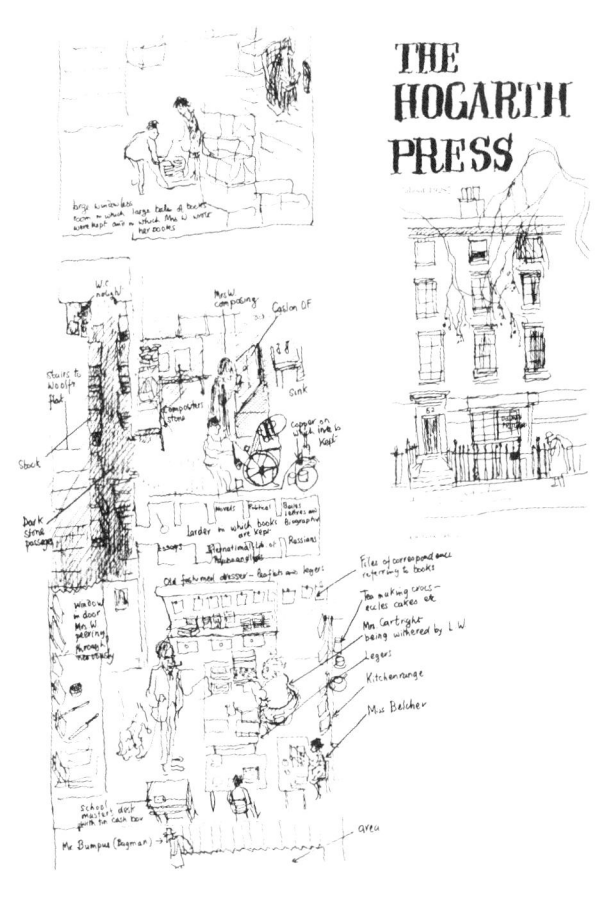

1928年的霍加斯书局(理查德·肯尼迪 绘)

道,好比彼得不信耶稣(Peter denying Christ)。当听到弗吉尼亚尖刻地用"步履如大象,凶猛似老虎"形容一位同事时,肯尼迪就说得更加直白了:"尽管她看你的眼神友善又朦胧,她其实非常残忍。""嘲笑你的雇员是不礼貌的行为。"

哪怕真如马尔科姆·马格里奇(Malcolm Muggeridge)所说,伦纳德是最老实的自传作者,他格局分明的回忆总归是反复经营和修正的结果。显然,肯尼迪这个名字在伦纳德的一生里根本无足轻重,据说只在他的五卷回忆录里出现过一次。伦纳德是录用肯尼迪也是解雇他的人,是书局的大当家,《霍加斯书局的学徒工》里自然对他着墨尤多。在肯尼迪的笔下,伦纳德经常对员工大发雷霆,咒骂起人来连弗吉尼亚都要看不下去。肯尼迪往往首当其冲。发现账目对不上,伦纳德会拿起账簿向他砸去,一边大吼:"这完全不对!"(This is totally inaccurate!)而在另一次盛怒中,他甚至对肯尼迪下了这样的评语:遭受傻瓜迫害的漫长生涯中有幸结识的头号白痴(the most frightful idiot he has ever had the privilege of meeting in a long career of suffering fools)。

肯尼迪亲自配上的插图为全书增色不少。这些穿插在行文间的速写线条粗放潇洒，并不刻意追求形似，却极善捕捉人物神韵。离开霍加斯书局后，肯尼迪依靠祖母的一小笔遗产重返了学校，学习新闻和艺术，二战后终于成为了童书画家——此时，他一定会想起本书开头那一幕：刚辍学的肯尼迪趁着野餐向当建筑师的叔叔表达了成为画家的志向，得到的答复是：如果你足够出色，不管怎样都会走上艺术的道路。"野餐结束，我们回到泰兰德别墅——奇的是，那正是弗吉尼亚·伍尔夫的成名作《到灯塔去》里的场景。当年她的父母向我阿姨的父母租住了这栋房子。窗外，能远远看到海面上的灯塔，同陆地相隔，象征着难以企及的东西。"

比李尔更胡来

1846年，三十四岁的爱德华·李尔（Edward Lear）出版两卷本《意大利画记》（*Illustrated Excursions in Italy*），引起了年方二十七岁的维多利亚女王注意，遂召他进宫面圣，教授绘画。不过，记录李尔荣任"帝师"的材料不多，后世引为谈资的，主要是他在给友人信里的零星回忆。一次，女王带着老师参观一批王室御藏微型画，李尔惊叹不已，朗声问道："嚄，这些漂亮的东西您都是从哪儿弄到的？"女王只好回答："祖上传下来的，李尔先生。"李尔年少时以擅画鸟类艺坛扬名，无奈目力渐衰，体质疲弱，索性顺应疏狂天性，寄情浪游，做了闲云野鹤。宫里规矩多，不修边幅自然容易触犯龙颜。也是在1846年，李尔的第一本《胡诌诗集》（*A Book of Nonsense*）问世，这位"邋遢的风景画家"的奇异作诗天赋逐渐显山露水，博得大众激赏，罗斯金（John Ruskin）更是不吝赞美，说此书是"所有书中最有益、最纯真的一本"。

在我们这个时代,有益的东西似乎不少,纯真的事物却愈发显得稀缺而珍贵,比如作风老派的伦敦萨瑟伦书店。明明可以通过电子邮件发送新书速递,它却还是会给留下地址的顾客定期寄送精美的目录册。2017年冬季号的重点是"童书与插图本",乱花迷人眼,光各种版本的"爱丽丝"就占了将近十页。有些听说过却没见过,有些连听都没听说过。既然无缘得见实物,通过示例图片和描述默默想象一番也是不错的体验。最感兴趣的是劳德(John Vernon Lord)插图版刘易斯·卡罗尔作品:《爱丽丝漫游奇境》《爱丽丝镜中历险》和《猎蛇鲨记》(*The Hunting of the Snark*)。前两本配彩色插图,后一本是黑白木刻,三分古怪,七分幽默。三种皆为限量版,印量最大的也不过四百二十册,有编号,带插画家签名,市面上难得一见。

劳德插图的作品我只买到过一种,正是《胡诌诗集》。大开本,1984年美国初版。此书跟通行的李尔诗集不太一样,诗作经过插画家重新编排,按主题做了不太严格的分类,不仅从作者生前出版的四册"胡诌诗"中汇编了两百三十六首,还收入了一系列新发现的散佚之作。每首都配

《胡诌诗集》插图（约翰·弗农·劳德　绘）

了插图，篇幅较长的还不止一幅，连环衬也精心设计过。劳德是英国画家，在大学里教授美术逾四十年。先是在索尔福德艺术学校学习，后来去了伦敦的中央工艺美术学校（Central School of Arts and Crafts）深造，师从《歌门鬼城》系列（Gormenghast）作者、插画名家马文·皮克（Mervyn Peake）。1961年起，劳德成为专职画家，为养家糊口，接了不少商业设计，还给深紫乐队（Deep Purple）的专辑画过封面。除了为别人的作品贡献插图，他自己也写书，出版于1972年的《巨型果酱三明治》（*The Giant Jam Sandwich*）风行至今。故事讲述一个小镇遭到四百万只黄蜂侵袭，居民决心做一块无比巨大的果酱三明治来御敌，狂放的想象力与李尔诗中的荒诞旨趣遥相呼应。

不像一般的纯文字作品，《胡诌诗集》在诞生之初即有插图，而且由作者亲自创作，诗歌与画作从来难舍难离。就像坦尼尔爵士插图的"爱丽丝"、E. H. 谢泼德插图的"小熊维尼"、萨克雷本人插图的《名利场》等，要重新去给这些作品配插图，不仅需要高超的技艺，更需要无畏的勇气，准备好接受被时光蒙尘的命运。对此，劳德早有觉悟。在引言中，他写道，李尔自己的插图巧妙至极，无从模仿，给《胡诌诗集》画插图是大胆的尝试，必然会招致某些人的反感，非但认为多此一举，甚至说他玷污了偶像的传世佳作。劳德坦言，自己迷李尔迷了好多年，之所以要冒险为此书配图，为的是给熟悉李尔诗艺的读者提供一个全新视角，同时挖掘出更多的潜在读者。

爱德华·李尔出生于1812年，和罗伯特·勃朗宁、查尔斯·狄更斯同年降临人世。父亲是证券经纪人，也做食糖加工生意。他是家里二十一个孩子中的第二十个，由大姐一手抚养长大。虽然笔下的作品荒唐热闹，最爱"看小朋友们眉开眼笑"（see little folks merry），实则终其一生，都与疾病、孤独、忧郁为伴。李尔将不如意的人生尽情织入疯狂的诗行中，用胡诌诗嘲弄现实世界，摆脱常理枷锁，精骛八极，神游万仞。在《胡诌诗集》中译本（海豚出版社，2011年8月版）的"译者絮语"中，"老神仙"陆谷孙先生说得好：

> 所谓nonsense（胡诌，无意义），往深里想去，其实就是一个变形人间的good sense（常识，正常意义）。

翻译这样一部作品，自是不宜过分拘泥原文，不妨"干脆挣脱形式的紧身衣，放开手脚，允许有限度的'胡诌'"。对劳德的《胡诌诗集》插图同样可以作如是观。即便原作的丰神难以超越，却处处力求别开生面——在很多时候，他比李尔更"胡来"。

约翰生画梦录

喜欢的书,好像收多少版本也不嫌多。哪怕内容完全相同,光与那些"有意味的形式"朝夕相对已足够欣悦——每一本都是那么独一无二。淘旧书的乐趣大要在此。埃科在《植物的记忆与藏书乐》(王建全 译,译林出版社,2014年9月版)里说得好:"当一本书问世之后,理论上讲它的每一个版本都是一样的,是可以互换的,而当这本书开始逐渐消失的时候,人们所寻找的就变成了每一个单独的版本,每一个版本都具有了独特性,或者说稀缺性。"

跟多数喜淘西文旧书的人一样,AbeBooks 和 eBay 是平时常逛的两大网站。前者是纯粹的旧书交易平台,在专业度上,后者无法望其项背;但 eBay 有个最大的优点:具体到某本书时,图片往往比较清晰、丰富,可以让买家不必纠结于文字描述,直观地看到书的品相。最近托老友王立峰从香港捎回的插图本《约翰生传》便是 eBay 上拍得,原本期待就高，没想到实物比照片更漂亮。七十年的旧书，触手如新，令人感动。

算起来，这是我的第四种《约翰生传》。此前三种，除了常见的"人人文库"版外，另两种分别是画《小熊维尼》出名的 E. H. 谢泼德插图版《人手一册鲍斯威尔》(*Everybody's Boswell*) 和赫伯特·雷尔顿（Herbert Railton）贡献了百余幅插图的三卷本。新得的这部《约翰生传》出版于 1945 年，布面精装配函套，正面烫金压印博士头像，限量一千册，书前有插画家戈登·罗斯（Gordon Ross）亲笔签名。我这本编号 501，刚巧是后五百册的起始。函套上"限印本"下方还有一行小字：Illustrated by Famous American Artists。看来是个名家插图本系列，不知还有哪些品种。

初闻戈登·罗斯，缘于他给遗产版（Heritage）《伊利亚随笔》创作的插画。线条略显拘谨，论神采飞扬不及布洛克（C. E. Brock），论温婉蕴藉又不如陶斯（Sybil Tawse）。这次拿到他插图的《约翰生传》，逐幅细赏书中彩色插页，终于慢慢品出了他的笔意他的经营。罗斯其人，如今能在网上查到的资料并不多。知道他除了《约翰生传》

《约翰生传》插图(戈登·罗斯 绘)

和《伊利亚随笔》，还为《温莎的风流娘们》《远大前程》《匹克威克外传》等配过插图。知道他生于1873年，逝于1946年——也就是这版《约翰生传》出版后的第二年。视这批插图为其晚年的代表作，应该是恰当的。

同《人手一册鲍斯威尔》一样，这版《约翰生传》也是节本。根据"编者前言"里的说法，删节的原因一是让"插图本"的构想得以实现（或是考虑到罗斯年事已高，精力不足以画太多插图），二是生怕读者被原书庞大的篇幅吓退，遂砍枝去蔓，取其精华。我一度颇反感节选本，看到封面上有"abridged"字样就如临大敌，觉得破坏经典著作的完整性迹近犯罪。现在想想，倒也未尝不可，尤其像《约翰生传》这样的书，反正风吹哪页读哪页，页页清芬。无论怎样节选，终不伤其满纸碎金。

赞赏某位作者的文章，我们自会去阅读书写其人其事的传记；但约翰生博士受到的待遇，却并不总是先"读其书"而后"知其人"。当然不是因为他的作品不够伟大。只因《约翰生传》在传记文学中太过耀眼。这部传记能够傲视古今，记述博士言行的鲍斯威尔自然功不可没，但说到底还是有赖传主大可挖掘的多棱个性。不过，若是我们读了《约翰生传》,便真能去亲近《论人类愿望之虚妄》《诗人传》和《漫游者》,那本末顺序实在是无关紧要的。毕竟乔治·斯坦纳说过,缪斯女神只授予过两个人博士学位,一个是 F. R. 利维斯,一个是塞缪尔·约翰生。

无与伦比狄更斯

抱着新买的书坐电梯上楼。"又买什么啦?"熟人问。答,狄更斯。"最近看起十九世纪现实主义小说来了?""不是一般的狄更斯,是无与伦比狄更斯。"说完自己都觉得这回应费解且蹩脚,只好将十六开的一大本呈上:《无与伦比狄更斯:回顾与展望》(*Nonesuch Dickens:Retrospectus and Prospectus*)。

董桥先生的书,当年翻得最勤快的大概是《绝色》。搜书藏书旧事看太多,难免青山入梦,恍惚间觉得那些竹节书脊同自己也就相隔一面橱窗。一不小心就成了奥古斯丁·比勒尔(Augustine Birrell)笔下那些初入迷途的年轻猎书客,患得患失,"叹息余生也晚"(bemoan his youth)。Nonesuch这家出版社就是从《绝色》里知道的。《沃尔顿的幽魂》一篇写的那本羡煞"钓客"迷的《沃尔顿大全》,正是 1929 年 Nonesuch 出品。

Nonesuch 出版社成立于 1922 年，到上世纪六十年代中后期逐渐偃旗息鼓。其间共出版了一百四十多部作品，头一本面世的是约翰·但恩的《情诗集》。"无与伦比狄更斯"是 Nonesuch 出版历史上的里程碑，全套二十三册，麻布面精装，色彩错落，书脊上部贴一块黑底金字的真皮标签，沉稳端庄，从 1937 年开始陆续出版，限量八百七十七套。

《无与伦比狄更斯：回顾与展望》是为这套文集预热而出版的手册。书中四个部分，由文集的四位编者合作撰写。开篇是《狄更斯和他的插图作者》（Charles Dickens and His Illustrators），洋洋洒洒，极富文采。作者阿瑟·沃（Arthur Waugh）是大作家伊夫林·沃的父亲，曾任职于最初出版狄更斯作品的查普曼和霍尔出版社。在第二部分里，托马斯·哈顿（Thomas Hatton）为狄更斯本人认可的全部插图编写了详尽的一览表。第三部分则回顾了此前出版的狄更斯作品版本，并附有相关书影。

看了书末的"展望"，才知道"八百七十七"这一数字大有来历。原来为了出一套令"世间诸版本皆可休矣"（an edition of Dickens to end all editions of Dickens）的狄更斯文集，出版社慷慨地给每套搭配了一幅插画原作，作为赠品随机送给订购者。画作数量决定了套书的印数，"并非刻意，实属必然"（not artificially but of necessity）。插画原作当然件件弥足珍贵，本身便是极佳的收藏品，可拿不到自己喜欢的那款该怎么办？"展望"一章里也给出了或许可行的解决办法：待全套文集问世，出版社将在伦敦举办一场大派对，邀请每位订购者参加，当场奉上皇皇二十三卷狄更斯。更倾心克鲁克香克（George Cruikshank）为《雾都孤儿》画的木刻？试试用你那幅"菲茨"（Phiz）给《尼古拉斯·尼克尔贝》创作的钢版画交换吧！

英国文学名著向来少不了经典插图，文字与画作相得益彰，插画几乎成了作品不可分割的部分。说起《名利场》，自然会联想到萨克雷亲自创作的灵动线条；为《爱丽丝漫游奇境》配插画的代有名家，可坦尼尔爵士的妙笔依然傲视群雄。狄更斯的作品也是如此。传记作家托玛琳（Claire Tomalin）在《狄更斯传》里说，狄翁眼里的世界，比周遭人看到的更加鲜活。经历激起的回响都成为他荡然胸臆的原材料，加以熔炼，用到小说创造中。十九世纪的英国，在他的笔下焕发勃勃生气（crackling）。"无与伦比狄

无与伦比狄更斯

更斯"中收入的插图当年都在他监督下完成,其实也可视作他对原材料的加工。哪怕有些画不脱 sentimental 之嫌,但起码也是狄更斯的 sentimental 啊。

阿瑟·沃在文章里撂下一句大狠话:"市面上再也不会出现一个更完美无缺的狄更斯文集版本了。"以沃的身份,对此自当有发言权。他的"狂妄"不是没有道理。近八十年过去,国外购书网上一套完整的原版"无与伦比狄更斯"已飙升至一万美金以上。而近年来,Folio Society 和 Gerald Duckworth 两家先后推出"无与伦比狄更斯"的精美复制版本,让普通读者也可以拥有这套传奇的狄更斯文集。我好奇这么厉害的一套书,当年的定价是多少。还真在《回顾与展望》中查到了:书付梓前的预购价是"四十八几尼"(一几尼合一英镑五先令)。当时的五十英镑是什么概念我不清楚,只翻到莱比道夫(David Lebedoff)在《同一个人:爱情与战争中的乔治·奥威尔与伊夫林·沃》(*The Same Man*: *George Orwell and Evelyn Waugh in Love and War*,2008)里说,上世纪三十年代中期,穷困中的乔治·奥威尔年收入不足一百五十英镑。如果那几年通货较稳定,奥威尔辛辛苦苦忙四个月,倒是可以买到一套。

同伏尔泰晚餐

1938年,英国著名的Nonesuch出版社启动了一项名为"法国浪漫小说杰作十种"(The Ten Great French Romance)的出版计划,委托当时法兰西文坛声望卓著的安德烈·莫洛亚组织十位法国作家挑选十部作品,并为各自青睐的小说撰写新版序言。编委会在莫洛亚家中雅集,讨论出了书目,伏尔泰的代表作《老实人》毫无争议地占据一席。书目敲定后,出版方又力邀十位法国名画家为这十部作品创作全新插图。可以想见,既然意在诠释文学史上的永恒经典,插画家的阵容必然也得是一时之选:于是诞生了勒内·本·苏桑(René ben Sussan)插图版《高老头》,皮埃尔·布里索(Pierre Brissaud)插图版《包法利夫人》,艾迪·勒格朗(Edy Legrand)插图版《一生》,等等。《老实人》的插图则出自西尔万·绍瓦热(Sylvain Sauvage)之手。

西尔万·绍瓦热原名菲利克斯·鲁瓦（Félix Roy），1888年出生于法国东部的弗朗克孔泰，与大文豪维克托·雨果是同乡。绍瓦热的父亲是建筑学家，一战前，他也承父业学习建筑学——这或许无形中为他后来的艺术生涯打下了基础。战争中，他去前线服役了十八个月，战后开始创作书籍插图。绍瓦热一生爱书，孜孜以求将高品质的图书带给世人。除了一本接一本为心爱的书籍绘制插图，绍瓦热还积极投身教育，担任过艾斯蒂安学院（l'École Estienne，即法国高等平面设计艺术学院ESAIG）的院长，时至今日，该校依然是法国平面设计领域最有声望的机构之一。绍瓦热在木版画、铜版画和石版画方面都有不凡造诣，堪称多面手。不过，他的知名度主要还是因水彩画而建立的。1934年，他开始为美国的"限印本俱乐部"珍藏本创作插图，之后佳作连连，如法朗士的《波纳尔之罪》，夏尔·佩罗的《林中睡美人》，爱德芒·罗斯丹的《大鼻子情圣》，莎士比亚的《罗密欧与朱丽叶》等。他也应国内出版社的邀请奉献了司汤达的《红与黑》、洛蒂的《菊子夫人》等名著的插图。正是因为绍瓦热擅长运用各种绘画技巧，又熟悉书本印刷、制作的过程，他才能够不为技术层

《老实人》插图(西尔万·绍瓦热 绘)

面的局限束缚手脚，在纸页间从容挥洒，一任风流。由他配插图的文学经典，业已成为许多爱书人渴望拥有的佳本。

绍瓦热的《老实人》插图创作于 1939 年。作为一位带有文人气质的画家，给伏尔泰作品配插图对绍瓦热来说可谓"得其所哉"（right up his alley）。收入此版《老实人》的十七幅插图每一幅都充满谐趣，充满智慧，以巧妙的方式将伏尔泰瑰奇的想象呈现给了读者，如第一章（《老实人在一座美丽的宫殿中怎样受教育，怎样被驱逐》）插图的人物表情夸张谐谑，与墙上画像的漠然对比强烈，又如"两个旅客遇到两个姑娘，两只猴子"那段的配图着色明艳，充满喜剧效果。绍瓦热画作的配色多变却又谐和，值得细细品味。这些插图不惟赏心悦目，更是充分捕捉文本灵魂之后的产物，透着浓浓的书卷气。绍瓦热深知，他创作的是活在书里的画（within the covers of a book），而非挂在墙上的画（not upon a wall）。

《老实人》是名副其实的哲理小说，伏尔泰旨在说理，但他反对干涩的说教，绝不愿意为了道理的显豁而牺牲阅读的乐趣。他希望看到的是，待读者读罢全书，作者笔下的深意自然而然在他们头脑中闪光。据说伏尔泰生前不允许别人为此书配插图，可后世的艺术家怎能按捺住这样一部不朽寓言勾起的创作冲动？《老实人》留给了他们巨大的发挥空间，引得洛克威尔·肯特、罗伯特·波拉克（Robert Polack）、西德尼·约瑟夫（Sydney Joseph）、昆丁·布莱克（Quentin Blake）等一众行家里手纷纷施展才华。绍瓦热的《老实人》插图是其中颇受欢迎的一种，直到上世纪七十年代还在重版。绍瓦热本人是伏尔泰作品的拥趸，除了《老实人》，他还为《查第格》设计了装帧，绘制了插图。

《老实人》有傅雷经典译本，初版于1955年。傅雷先生的翻译典雅蕴藉，历久弥新，经过六十五年的岁月洗礼丝毫不见老态。《老实人》恰好也是伏尔泰六十五岁时的作品，照保罗·莫朗（Paul Morand）在 Nonesuch 版序言中的说法，以写作论，年过六旬的老翁伏尔泰正是最有活力的年纪，如果说一个人的晚年相当于一天中的晚餐，那么，要领略伏尔泰最精彩的言谈，最潇洒的丰神，就应当去同他吃顿晚饭。这一回，有傅雷和西尔万·绍瓦热作陪，餐桌上的伏尔泰一定格外健谈。

"这我也喜欢，"克里斯托弗·罗宾说，"但我最爱做的是'没事'。"

"'没事'你要怎么做呢?"噗噗想了很久，问道。

"这个嘛，就是你正要动身去做没事的时候，别人大声问你：'你要去做啥呀，克里斯托弗·罗宾?'你回答说：'噢，没事。'然后你就去做它了。"

"噢，懂了。"噗噗说。

"我们现在正在做的事情就有点儿像'没事'。"

"噢，懂了。"噗噗又说了一遍。

"就是说你一直走，听着各种你听不见的声音，没有烦恼。"

"噢!"噗噗说。

——A. A. 米尔恩《噗噗角的房子》

A. A. 米尔恩：在《笨拙》的日子

一

A. A. 米尔恩和 E. H. 谢泼德共同创造了小熊维尼的经典形象。谢泼德两部自传《记忆的画》（*Drawn from Memory*）和《人生的画》（*Drawn from Life*）出了中文合订本《伦敦小孩》，文字亲切而不俗气，二百四十余幅插图诗意盎然，读来是悦目的享受。被称为"小熊维尼之父"的米尔恩（他的生日 1 月 18 日即"维尼日"）在 1939 年也出过一本自传——《为时已晚》（*It's Too Late Now*）。比起他的童书和侦探小说《红屋疑案》（*The Red House Mystery*），此书显然不够有名，直到绝版多年后的 2017 年才由潘麦克米伦旗下的贝洛出版社（Bello）再版，而贝洛的主营业务本就是旧书新刊，致力于让蒙尘的佳作重新焕发生机。

书名为何叫"为时已晚"？作者在自序里给出了解释。原来"为时已晚"指的不是别的，正是他本人的人生。"遗传和环境塑造了孩童，孩童塑造了成人，成人塑造了作家；所以对我而言，当一个不一样的作家为时已晚——也许四十年前就太晚了。"他说，批评家总拿别人的标准来要求一位作家，责备他为什么不把书写成别的样子。但一个人写出怎样的文字，就在于他是怎样的人；一个人是怎样的人，归根结底因为他过怎样的生活。

米尔恩将他的人生分为七个阶段：孩童，学生，大学生，自由撰稿人，副主编（assistant editor），业余士兵和作家。一开始他就跟读者打好招呼，略带傲慢倒也不失真诚：他的写作向来是为了取悦自己，不管公众怎么想，作者本人首先不能觉得无聊。如果别人也能从他的回忆中获得乐趣，他很高兴，"但要说清楚，这场聚会的主角是我，不是他们"。果然，作者集中笔墨记述个人经历和所思所感，旁逸斜出处也只是偶尔奉上几片文林散叶，避免将自传写成他传。《为时已晚》前半本回忆他成年之前的生活，读者或可与谢泼德的自传相互参看——他俩年纪相仿，都是维多利亚时代末期的"伦敦小孩"。全书花在他的代表作"小熊维尼"系列上的篇幅十分有限,因为他厌倦了童书作家的头衔,在刻意回避这一身份,说既然他觉得再也翻不出新意(the mode was outmoded),索性及时收笔。不过,他也知道这恐怕于事无补:"在英格兰,得到名气比丢掉名气容易。""英国人把作家当鞋匠,希望他从一而终。"好在关于米尔恩创作维尼故事的文章、访谈和报道已足够多了,安·斯维特(Ann Thwaite)在《米尔恩传》里更是考据翔实。这一次我们不妨就把维尼当成米尔恩私人聚会上一位寻常的来宾吧。如果用一个词来概括米尔恩这部自传的风格,便是"自嘲",常常表现为一种交缠着敏感和疏离的调侃。书里精彩的片段不少,其中最令我感兴趣的则是他编辑幽默杂志《笨拙》(*Punch*)的经历。

二

在加入《笨拙》之前,米尔恩其实已经当过一份重要刊物的主编。1900年,他从威斯特敏斯特学校考入剑桥大学三一学院,虽然专业是数学,米尔恩始终爱好文学,积极投稿和参与校内的文艺活动，早早把写作视为了人生志向。1902年，他接手编辑剑桥大学的学生刊物《格兰塔》（*Granta*）。数学系课业压力繁重，导师劝他放弃编辑杂志，米尔恩却坚定地拒绝了，还连说了两遍"非干不可"（I simply must），就算奖学金撤回也在所不惜。他允诺完成导师要求的每天至少六小时的"工时"（working hours），每周汇报。多年后回忆这段安排，米尔恩觉得有点不可思议：当年竟然只有在他不写作的时候才叫工作时间。

米尔恩的父亲是典型的维多利亚时代家长，作风严厉，而米尔恩在数学荣誉学位考试（tripos）中成绩不佳，愈发心虚。但从剑桥毕业后，米尔恩并没有听从父亲的建议去当公务员，而是开启了一段撰稿生涯。《为时已晚》里记录了他第一次作为自由撰稿人发表文章的经历。当时，柯南道尔的《归来记》正在《斯特兰德杂志》（*The Strand Magazine*）连载，市面上的仿作层出不穷，米尔恩也写了一篇投稿。过了一段时间，他和朋友约好一起吃饭，同伴晚到，他就在饭店里随手拿起一册《名利场》杂志，翻到一篇故事，读了开头大呼不好，自己戏仿之作的情节尽然被人抢了先，只好怀着妒意读下去，直到快结束才惊讶地发现那正是自己的手笔。伦敦的知名刊物上出现了自己的作品,米尔恩首先感受到的是紧张局促,仿佛泄漏了一个天大秘密,疑心周围每个人都在看他,当然,这种情绪只存在了片刻,"随后我流连忘返地通读起文章来:一句接一句,每一个句子都无与伦比,每一个美丽的词都惹人喜爱"。他顿时觉得自己成了百万富翁,同朋友尽情庆祝了一番。月底他收到了稿费:十五先令。

事实上,米尔恩那篇"福尔摩斯"的仿作最初是投给《笨拙》的,无奈遭拒。但给《笨拙》写稿一直是米尔恩的目标,即便三番五次被退稿,他还是每周都寄去文章。1904年4月,《笨拙》终于接受了米尔恩的稿子,只有四行。兴奋之余,米尔恩问自己:凭这么一小段,可以号称"我为《笨拙》写文章"了吗?他还来不及细想,好运就来临了。在很短的时间内,杂志又接连发表了他的一组诗和一篇散文。这下他是真正的《笨拙》作者了。当时有传闻说在《笨拙》上发一篇文章,不管带不带插图,稿酬都是五镑,米尔恩心想:"看来我要功成名就了。"临近结稿费的日子,他满怀期待,结果支票上的金额是十六先令六便士。他大感不解,写信去询问,得到的回复很有意思:一个作者刚开始给《笨拙》写稿，获得的荣耀感本身就足以充当报酬，而当荣耀感开始消退（the honour began to wear off），那就该涨稿费了。

1906 年，米尔恩成为了《笨拙》的副主编，年薪二百五十镑，稿酬翻倍。但他还没有资格参加历史悠久的"笨拙席"（the *Punch* Table）。《笨拙》的创办者懂得享受生活，习惯在品尝美食美酒的间歇商量杂志选题，这一传统一直保留了下来。萨克雷、坦尼尔爵士、谢泼德等都曾是"笨拙席"的座上宾。每周三晚上七点，《笨拙》同仁会在编辑部楼下聚餐，决定下一期杂志的漫画。米尔恩当时只有二十四岁，连自己也觉得他们不请他可以理解："要是我二十四岁就受邀列席，到七十四岁还坐在那儿，随便哪家报刊的老板想到这一点，都会不寒而栗吧。"况且，讨论《笨拙》的漫画创意需要高度的政治敏锐，米尔恩在这方面尚未得到他们认可。四年后的 1910 年，米尔恩终于获准下楼了，在依然年轻的二十八岁，他依照"笨拙席"的惯例，用小刀在餐桌上刻下了他给《笨拙》写稿时常用的姓名缩写：A. A. M.。

米尔恩在剑桥编过《格兰塔》，又做过好几年产量颇高

"笨拙席"

的自由撰稿人，担任《笨拙》副主编看起来是恰当的人选。但杂志每周都要推出新一期，需要源源不断的想法，仍带给他巨大身心压力。数学系出身的他简单算了一笔账：每周要找到一个可写的想法，一年下来就是五十二个想法，他若是一路干到七十岁，那就得找到大约两千五百个想法。当遍索愁肠毫无所获的时候，他陷入了自我怀疑："问题是我在二十四岁的黄金年龄，都连一个想法都找不出来。我为什么不去中学当校长呢？"一连好几个小时枯坐书桌前很多时候都是在做无用功，是自我安慰，也是重压之下的拖延症表现，神经紧张却没有任何效率，最终还是靠临时抱佛脚才解决问题。米尔恩有句话讲得很好，"悠闲的无所事事"（leisured idleness）是美妙的，但"既不悠闲又无所事事"（idleness without leisure）是魔鬼的发明。

三

一战爆发，米尔恩同许多人一样应召入伍。不过，《笨拙》一直在给他发工资。战后，他回到杂志社，准备继续上班，却发现主编欧文·西曼（Owen Seaman）态度颇为冷漠。这时他才意识到，杂志老板并不希望他回来。一来他们对代班的人很满意，二来对他把空闲时间用来写剧本而不是《笨拙》的文章很不满。他们想让米尔恩移交编辑工作，但继续当《笨拙》的作者，米尔恩的想法刚好相反：他愿意编杂志，拥有稳定收入，额外的时间则用于写剧本。最后，他提交了辞呈，甚至退出了"笨拙席"。就这样，米尔恩与《笨拙》的缘分基本到头了，从此，他成为了全职作家，写剧本，写诗歌，写童书。二十年后，回看这段与《笨拙》的不欢而散，米尔恩把一大原因归于自己的性格，说自己"永远想逃走"。所以他会从《笨拙》逃走，从童书的写作中逃走。重复的劳动令他生厌，哪怕这种劳动可以带来丰厚的回报。

米尔恩生于 1882 年，写作《为时已晚》的时候，他五十多岁。他"任何事都不想扯着嗓子说"（not wanting to say anything aloud），笔调冷静克制，讲究点到为止，却也不乏真情流露。他相信人类的复杂神秘，从不对别人妄加揣测，在另外的地方说过"每个人都是一道谜，没人能知道另一个人的真相"，我想这就是他在自传开篇就强调"聚

A. A. 米尔恩：在《笨拙》的日子　　103

会的主角是我"的深层原因。每个人能够尝试去了解的,只有自己。《为时已晚》最后一章记录了一段作者同一位年轻朋友的对话。后者请他给年轻人提点忠告,米尔恩答,忠告只有一条:"永远不要听从忠告。"米尔恩在1952年出版的随笔集《年复一年》(*Years In, Years Out*)中,又说起了这部自传。在大西洋彼岸出版时,此书最初是每月连载的,美国编辑喜欢改书名,定了一个新标题:"何其幸运!"(What Luck!)这令米尔恩一度很生气。不过,时过境迁,七十岁的米尔恩回望自己的人生,说道:"我倾向于同意他的看法。"

全世界最好的熊,一百岁了

"噗噗,你保证永远不忘记我。甚至我一百岁的时候也不忘记。"

噗噗想了一会儿。

"那时候我多大?"

"九十九。"

噗噗点点头。

"我保证。"他说。

在《噗噗角的房子》的结尾,克里斯托弗·罗宾即将告别伙伴们,离开百亩森林,不能再做他最喜欢做的"没事"(Nothing),因为"他们不让"。他要去哪儿?我们猜,也许他要回城市了,也许他要上学了,总之,罗宾要长大了。但森林里的小动物们不知道,只有维尼,罗宾相信:"不管发生什么,你都能明白的。"无论他要去向何方,在森林里的那块"魔地"上，小男孩和他的小熊会永远在一起。

《噗噗角的房子》出版于1928年，现实中的克里斯托弗·罗宾·米尔恩生于1920年，那年八岁。对小熊维尼的诞生年份一直存在几种观点，有人说1924年2月13日的《笨拙》杂志上发表的诗歌《泰迪熊》是维尼第一次出场，普遍的看法则将《小熊维尼》一书出版的1926年定为维尼的生年，而在克里斯托弗·罗宾·米尔恩看来，既然外界总把故事中的罗宾和真实的自己画等号，那维尼就应该是生于1921年——那年罗宾的一岁生日，父亲送了他一只小熊玩具，即后来维尼的原型。按照这个说法来算，今年①小熊维尼整整一百岁了。

A. A. 米尔恩的"小熊维尼"系列共有四部作品，两本故事书《小熊维尼》和《噗噗角的房子》，两本童诗集《当我们很小的时候》和《我们六岁了》。故事书讲的是小熊维尼和好朋友小猪、跳跳虎、野兔等在百亩森林里的趣事，

---

① 本文写于2021年。

米尔恩、罗宾和小熊

童诗集中维尼鲜少露面，更多围绕克里斯托弗·罗宾而写。

《当我们很小的时候》中的十一首诗最初发表于《笨拙》，杂志委托 E. H. 谢泼德为这些诗配了插图，图文并茂，加之杂志开本比普通书籍大，十分醒目，引起热烈反响。诗集正式出版于 1924 年底，其中有首诗名为《下到楼梯一半》（Halfway Down），写克里斯托弗·罗宾坐在楼梯上喃喃自语，但并没有提及他的玩具。谢泼德的插图里却出现了一只玩具小熊，它平静地躺在最高一级台阶上，脑袋探了出来。这是谢泼德的插图里第一次出现接近维尼的形象。

其实，《笨拙》最初提议让谢泼德为米尔恩的儿童诗配插图时，米尔恩热情并不高，他或许想找一位名气更大的画家来合作。一战前，米尔恩曾是《笨拙》的编辑，那时谢泼德还是个年轻画家，经常给杂志投稿。米尔恩不太认可他的水平，甚至对看好谢泼德的同事说："你到底觉得他有何过人之处？他完全没有希望。"多亏梅休恩出版社的负责人 E. V. 卢卡斯大力说服，他才同意让谢泼德来完成这项工作。那十一首配有精彩插图的诗在《笨拙》上发表后，米尔恩才完全相信了谢泼德的才能，而《当我们很小的时候》的热销，更是让他下定决心：自己以后的儿童文学作品，都要让谢泼德来插图。

谢泼德共为"小熊维尼"系列创作了五百余幅插图，和米尔恩一起创造了小熊维尼和他森林中朋友们的不朽形象。为这些插图，他付出了大量时间和心血。米尔恩的乡间住宅位于萨塞克斯郡哈特菲尔德的考奇福德农场（Cotchford Farm），谢泼德驾车去拜访他时，会带着素描本走进百亩森林的原型阿什当森林（Ashdown Forest）漫步，因为虽说这片森林正是米尔恩为笔下故事设置的场景，他却并没有用文字详细描述过林中景色的细节。谢泼德为了画出令人满意的插图，势必要置身其中去观察，去感受，去"沉思地"整理想法。他画了许多素描，也拍摄了罗宾和罗宾玩具的照片。

"爱德华熊下楼来啦。他在克里斯托弗·罗宾后面，后脑勺磕在楼梯上'砰、砰、砰'地响着"——小熊维尼噗噗就以这样一种方式登场了。"维尼"本是伦敦动物园里一头深受孩子喜爱的黑熊，"噗"（Pooh）则是小罗宾在旅行时给一只天鹅起的名字，因为他不会发"熊"（bear）的读音，就管维尼叫"噗"了。至于森林里的其他小动物，小猪、跳跳虎、驴子依遥和袋鼠的原型也是罗宾的玩具，猫头鹰和野兔则是米尔恩想象出来的。

百亩森林里的世界很美好，小动物们的性格各不相同，噗噗憨厚却睿智，小猪胆小而热心，兔子狡猾，跳跳虎莽撞，猫头鹰故作高深，驴子依遥忧郁悲观，连生日都愁眉苦脸。他们一起建房子，一起寻找"北极"，一起玩"噗噗棍游戏"（Poohsticks），一起战胜洪水。"小熊维尼"故事虽只薄薄两册，却几乎每一个章节都有温暖人心的片段。

噗噗常说自己笨，也承认别人都比他聪明，可他总能解决貌似更有脑子的同伴无法解决的难题。猫头鹰会拼写"星期二"，野兔不用教就能看懂依遥用树枝摆的字母"A"，但维尼会因为急于营救落水同伴而无意间发现"北极"，能依靠逆向思维和对蜂蜜罐的共情在大雾中找到回家的路。他是随性而发的诗人，是大智若愚的哲学家，他一直能得到好运的眷顾，在于他拥有一颗最懂得爱人的金子般的心。在《小熊维尼》的第三章，噗噗和小猪误把两人的脚印当成大臭鼠（Woozle）的脚印，当发现闹了笑话时，噗噗很不好意思，说自己真是太傻了，是一头"压根儿没有脑子的熊"，罗宾安慰他的那句话也是所有热爱小熊的人想对他说的：

你是全世界最好的熊。

米尔恩的儿童故事充满神来之笔,但"小熊维尼"系列之所以能历经百年依然得到广泛喜爱,插画家谢泼德的功劳或许并不逊于作者。他俩虽称不上是关系亲密的好友,却是合作无间的伙伴,引领了儿童文学的新风尚,影响深远,正如詹姆斯·坎贝尔(James Campbell)在《小熊维尼的诞生:欧内斯特·霍华德·谢泼德的标志性插画》(浙江人民美术出版社,2018年6月版,邵晓丹 译)一书中所说:"谢泼德和米尔恩打破了常规,促使公众以一种不同的方式看待文学,尤其是儿童文学。这些书驱使作者和插画家为儿童而写,而不是为读给儿童听而写。"

谢泼德有个习惯,不管走到哪里,始终随身携带着一本小巧的素描本和铅笔。他有着极强的形象思维能力,以"照相式记忆"把成长中的一幕幕录进头脑里。他晚年写过两部自传,《回忆的画》和《人生的画》,据说他都是先绘出脑海中的具体画面再落笔为文。从他留下的大量为"小熊维尼"系列绘就的草图中,我们能体会到他对细节的追求和将文字演绎成图画的丰沛想象力。

"小熊维尼"系列的初版收录的都是黑白插图,线条灵动,富有诗意,一直是受人追捧的经典版本。谢泼德晚年应出版社之邀,以九十多岁高龄为所有插图上了色,让这四部作品带上了缤纷的童趣。上世纪六十年代,迪士尼公司买下了"小熊维尼"系列中所有人物的版权,经过对小熊维尼和朋友们的形象改造和大量周边产品的开发,噗噗成为了一头全世界家喻户晓的熊。从商业传播的角度来说这无疑是巨大的成功,但那头更胖、更稚气的小熊早已与谢泼德的原作相去甚远,"缤纷的童趣"或许还在,"诗意"大概是全然淡了。

克里斯托弗·罗宾·米尔恩长大后回忆道,父亲写"小熊维尼",更多的是为了取悦他自己。这话或许带着几分私生活长期受打扰的怨怼和父子关系疏远的偏见,却也多少道出了儿童文学创作的真谛:创作者首先应该葆有一颗赤诚的童心。米尔恩也好,谢泼德也好,都不是心智幼稚的人,作为艺术家的他们拥有的是这样一种可贵的能力——能够在创作时唤起自己的童心,以孩子的眼睛来观察，以孩子的头脑来思考。

  百亩森林里的生活日复一日，简单纯粹，但罗宾终究要走向那扇绿色木门后面的世界。当他逐渐掌握拼写，我们知道，那一天近了。森林里的时间是停滞的，就像噗噗家里的时钟一样，永远停在十一点差五分的位置，停在"应该吃点什么的时候"。但罗宾却不能不长大，即便他是那样留恋森林里的一切。《噗噗角的房子》的最后一张图，也是"小熊维尼"故事的最后一张图，意味深长，是维尼和罗宾手牵手奔向未来的背影，告诉我们，无论我们身在何处，无论我们到了多少岁，只要我们的童心依旧闪亮，就永远能够回到属于我们的那片百亩森林。

休·汤姆生的春意

大英博物馆斜对面有家 Jarndyce 书店,店面不大,却庋藏了不少好书,只是店里陈列极为有限,一般顾客只能在目录册上预先选出感兴趣的,请店员从书库中搬出来再行细看。这些年通过旧书网站从他们那里买到不少喜欢的书,但总没有真的走进店里闲逛一下午来得过瘾。春天趁公务的间歇又去拜访了一次。店员依旧和和气气,边闲聊边帮客人找书,见我拿了本标价八英镑的理查德·艾尔曼初版《叶芝:真人与假面》(*Yeats:The Man and the Masks*),笑着说此书虽是艾尔曼早年作品,造诣已然不凡,接着指给我看书前的题赠,落款"Dick",说或许是作者签名本。又为我找来几种休·汤姆生(Hugh Thomson)的插图本,其中有册《女伶外史》(*Peg Woffington*),是此行最大的收获。

《女伶外史》是写《回廊与壁炉》(*The Cloister and the*

"Whilst Triplet sat collapsed"

《女伶外史》插图(休·汤姆生 绘)

Hearth）出名的查尔斯·里德（Charles Reade）的作品，初版于1853年，汤姆生的插图本则是1899年问世。小说主人公的原型是活跃于英国乔治王朝时期的爱尔兰著名女演员玛格丽特·沃芬顿。汤姆生想必倾心此书多时，才会向出版商乔治·艾伦主动请缨配图。创作期间反复打磨、增加场景，不光成书大获成功，自己也画得尽兴。我在Jarndyce买到的这本颇不寻常，根据书前说明，是仅印二百册的"大号手工纸版本"（Large Hand-Made Paper Edition），开本要比普通版大不少。封面和书脊上都有精致的烫金花饰，近一百二十年过去，依然亮丽动人。导读由奥斯丁·多布森（Austin Dobson）撰写，文笔、见识俱佳。里德的小说我从前总没耐心读完，嫌它有点做作，有点冗长，如今捧在手里的是汤姆生的插图版，竟觉得文字鲜活起来。汤姆生出身茶商家庭，小小年纪就去布厂务工，画画全凭灵性，靠自学，始终没有受过像样的专门训练，但只需寥寥数笔便能描摹出各色人物的气质，妥帖自然，神采飞扬。在给盖斯凯尔夫人的《克兰福镇》配完插图后，汤姆生说这部书"差不多是自己给自己配了插图"（It almost illustrated itself）。这句话用来形容《女伶外史》的插图也很恰当。

同多数人一样，初识汤姆生画作那委婉蕴藉的线条是通过奥斯丁小说。早期的印本在市场上向来受到追捧，尤其《傲慢与偏见》，好品相的一册"孔雀版"是多少爱书人梦寐以求的佳本。多佛（Dover）出版社2005年复刻过汤姆生插图版《傲慢与偏见》，收录了他为此书绘制的所有插图，价廉物美，可惜不知是因为原本就只打算制作单本还是市场反响一般，出了一本后没了下文。汤姆生的插图本，只要品相、价格合适，几乎是看到一本买一本，反正不会后悔。除了《女伶外史》，还买过范妮·伯尼的《埃维莉娜》（*Evelina*），哥尔德史密斯的《威克菲尔德牧师传》，谢里丹的《造谣学校》等。汤姆生笔底流淌出满满的古典派温情，在读者心里勾起的不是冷冰冰的敬意，而是春光明媚的愉悦。汤姆生太太说，他先生最得其所哉的季节永远是春天，当独自或和她两人在英格兰乡间漫步时，他会用几乎是自己才听得到的声音轻轻吟诵起最爱的诗——托马斯·纳什（Thomas Nash）的《春》：

春,甘美之春,一年中快乐的君王,
万物茂盛生长,少女环舞欢畅,
轻寒却不刺骨,鸟儿歌声悠扬,
咕咕,啾啾,噗喂,托威嗒呜!

异色《鲁拜集》

某年夜游台北敦化南路诚品书店，买到一册黄克孙以七言绝句衍译的《鲁拜集》，与费氏结楼（通译菲茨杰拉德，Edward FitzGerald）英译对照排印，书林出版公司2010年4月三版初刷。回到旅店，睡前读得很有滋味，纷至沓来的佳句令人心旌荡漾。书前有译者的题诗，附劳榦和杨联陞两位的和韵之作。杨先生那首开篇道："我爱黄君寄托深，能翻旧调出新音。诗肠九转通古今，四海东西一样心。"关于黄译本的价值，封底还引了钱锺书先生风趣俏皮的评语："黄先生译诗雅贴比美 FitzGerald 原译。FitzGerald 书札中论译事屡云'宁为活麻雀，不做死老鹰'，况活鹰乎？"

译者在序言里说，"奥玛珈音的鲁拜在当时波斯文坛上的地位我们不得而知，但费氏的译本，则是英国文学史上重要的著作"。《鲁拜集》向来受到名画家青睐，好的插图版本很多，从 Edmund Dulac 到 Willy Pogany 再到 Arthur Syzk，这两年陆续收进好几种，但无论插画出自谁的手笔，文本无一例外采用了费氏的翻译。近来又觅得一部插图《鲁拜集》，鲍利海书局（The Bodley Head）1924 年出版，译者却不是菲茨杰拉德。是法英对照本，法文版译者叫 J. B. 尼古拉（J. B. Nicolas），英文版乃"科尔沃男爵"（Baron Corvo）从法文转译，大学者赫隆-艾伦（Edward Heron-Allen）导读并做注释。哈姆泽·卡尔（Hamzeh Carr）奉献十六帧整页插图，色彩、线条、韵度俱佳，奇艳恢赡，典丽非凡。亚麻色布面精装，上书口刷青，其余两个书口毛边；封面和书脊都烫印书中画作局部，细节考究，抚之心折。书前空白页上有一行深蓝墨水字赠言，写了美国作家泰勒（Bayard Taylor）的诗句："直到审判之书打开。"（Till the leaves of the Judgment Book unfold.）

这十六幅插画分别对应书中一首诗作，确实东方风味十足。在赫隆-艾伦看来，杜拉克的作品美则美矣，一来毕竟不够东方，二来多少有些矫饰，可叹"沦为了热门的圣诞礼物"。插画家卡尔的生平资料难找，作品似乎也不多，除了《鲁拜集》，他配过插图的还有同为鲍利海出版的埃德温·阿诺德（Edwin Arnold）诗作《亚细亚之光》（*The Light of Asia*，1926）——在 1945 年电影版《道连·格雷的画像》中，友人想挽救走上歧途的主人公时送他的便是此书。

纽约的 Garden City 在 1937 年出过一本《鲁拜集》，不仅复制了杜拉克的插图，还收入了费氏英译的第一、第二和第五版，价格不高，在旧书市场上很容易找到。正文前有译者撰写的奥玛小传，文笔醇美，谈到了翻译此书的缘起和对其他译本的看法。费氏坦言，在他眼中，《鲁拜集》的作者是"亲近世俗的伊比鸠鲁派"（a material Epicurean）。至于自己的译笔，他承认其不尽忠实于原文，说自己的翻译好比"灵魂转生"（a sort of Metempsychosis），说最理想的译文自然应该形魄皆在，但既然难以做到，那就努力传达神髓（spirit）。

这部卡尔插图版《鲁拜集》的英译者原名 Frederick William Rolfe，"科尔沃男爵"是他众多笔名中的一个。他生于伦敦，死于威尼斯，行事怪诞，写作之外，兼有绘画与摄影的才具。在世时，他在文坛并未获得瞩目成功，但据说其作品影响了乔伊斯的创作。他翻译的《鲁拜集》是形式素洁的散文体，用词却常常标新立异，"美酒"在他笔

《鲁拜集》插图(哈姆泽·卡尔 绘)

下成了 Kitteys Iakchos，成了 Nektareos Dionysos，成了 Dionysos Pyripais。他的研究者尚恩·莱斯利（Shane Leslie）说：他不是语言的宗师，而是要成为词语的暴君。难怪十多年后卡尔的插图本在纽约重版时终究换成了菲茨杰拉德的译本。

在这十六幅画作中，个人最欣赏第 96 页那一幅：断壁残垣上，栖鸟正叩问干枯头骨。相对应的第 237 首四行诗也堪称余味悠长，能读出几分寓言的味道来。抄在下面——究竟是活麻雀还是死老鹰，读者自有评判：

On the Walls of the City of Thous, perched by the Skull of King Kavous, I saw a Bird, who to that dry Bone said, Where is the Fame of the Chain of thy Glory, the Sound of thy Salpinx?

波加尼的《古舟子咏》

大约一年前与黄杲炘先生通电话，聊起在伦敦书展上看到牛津大学"饱蠹楼"复刻重版的雷内·布尔（René Bull）插图版《柔巴依集》[①]。黄先生说这位"公牛兄"他知道，不光画过《柔巴依集》，还给《天方夜谭》配过大量插图，水准很高，"不过'柔巴依'嘛，还是波加尼画得顶好！"波加尼是 Willy Pogany，匈牙利画家，一生中给《柔巴依集》奉献过好几个插图版本，初登画坛走东方风格，秾丽中透着几分优雅的拘谨，到了晚年索性任由想象飞驰，返璞归真，连颜色也省去了。黄先生是译文社的前辈，也是素来景仰的翻译家，他的品位我当然信赖，从此便格外留心波加尼的作品。

[①] *Rubáiyát of Omar Khayyám* 通常译作《鲁拜集》，黄杲炘先生译本译名为《柔巴依集》。

在思南书局看到一册波加尼插图的《古舟子咏》(*The Rime of the Ancient Mariner*)，是其早年的代表作。黄绿色布面豪华大开本，品相一流，封面和书脊有漂亮的烫金书名与装饰。二十幅彩色插图以外，柯尔律治的不朽诗行都以古体美术字表现，页面边框、书名页和环衬皆经过精心设计，整本书贯穿着画家的艺术巧思。《古舟子咏》历来吸引不少名家为其绘制插图，成书各有风格，各有旨趣。多雷（Gustave Doré）版问世迄今已一百四十多年，依然是许多人心目中的经典，威尔逊（Edward A. Wilson）版流传不广，胜在灵动的色彩，而考尔德（Alexander Calder）虽然名声响亮，给此书配的插图却堪称一次失败的尝试，成了学问和脾气一样大的马丁·加德纳（Martin Gardner）眼中"同这首诗相关的最差劲的一批画作"。柯尔律治这首长诗叙述了一个超自然故事，在诗人用心营造的氛围里，读者知其不可能却又感到无比真实；波加尼的水彩插图同样亦真亦幻，画面上仿佛氤氲着一层朦胧而神秘的雾气。

波加尼1882年出生于塞格德，1955年逝世于纽约，集多方面才艺于一身（several artists in one），参与设计、配图的作品超过一百五十种，不论瓦格纳还是北欧神话，莎士比亚还是儿童歌谣，香皂广告还是杂志封面，驾驭起来都游刃有余。他 1914 年移居美国，1921 年入籍，晚年发愿金针度人，去世前写了三本绘画教材。古罗马的尤维纳利斯说"健康的心灵寓于健康的身体"（mens sana in corpore sano），波加尼也有类似的看法。他认为人的个性在身体的各个部分都会留下印记，所以受过文化滋养的人与粗野之人拥有不同的"身体曲线、肌肉形态和骨骼结构"。他的《古舟子咏》初版于 1910 年，按此年份推算，创作这套插图时画家连三十岁都没到。1932 年，《天使，望故乡》的作者托马斯·沃尔夫（Thomas Wolfe）在一封信里对友人说：

> 我不认为《古舟子咏》是柯尔律治对现实的逃避；我认为这首诗是现实，我认为他就在船上，亲身经历了航行，感受到了也知晓了一切。

我想，为这首诗配插图时，年轻的波加尼一定也在古舟子的船上，"亲身经历了航行，感受到了也知晓了一切"。

最后的埃德蒙·杜拉克

那日在萨克维尔街上的莎瑟伦书店同店员 John 聊了一下午。John 服务书业多年，经眼的琪花瑶草无数，当然藏着一肚子的书林掌故。是地地道道的书痴，版本熟极了；跟他聊毛姆聊伍德豪斯聊伊夫林·沃，又峰回路转聊皮装书聊桑格斯基聊 Cosway 装帧。"Cosway 就是我们创造的，可惜店里连一本也找不出来了。碰到价格合适的好书别错过！"他满脸认真。又从柜子里翻出几种关于私人工坊和稀见书的小册子，说按图索骥一定好玩。听闻我心仪"限印本俱乐部"（Limited Editions Club）版的插图书，John 说："他们的书很不错，唯一的问题是配的插图——对的时候非常对，错的时候竟非常错。真奇怪。"从书店告辞出来，朋友忍不住笑了，这位先生真是 very British！

隔日流连于查令十字街近旁的塞西尔弄，正好遇到几种"限印本俱乐部"，其中有本埃德蒙·杜拉克插图的弥尔顿《科摩斯》(*The Masque of Comus*),翻了几页就爱不释手。开本很大,白色皮脊带书匣,纸张温润细腻,配六幅杜拉克水彩画。照例限量一千五百册,特殊之处在于书末那页只有编号,不见插画师的签名,说明文字道:"书中插图出自埃德蒙·杜拉克之手,是其艺术生涯最后的作品。"Masque 一般译成"假面歌舞剧",是种融合了诗歌、音乐、舞蹈、华丽的服饰和舞台场景的宫廷娱乐形式,起源于意大利文艺复兴时期。创作《科摩斯》时弥尔顿只有二十六岁,他受音乐家朋友亨利·劳斯(Henry Lawes)所托,为其雇主布里奇沃特伯爵的宴会写一出短剧。演出场景便是伯爵家城堡附近的森林,剧中主要人物则由伯爵的三个孩子扮演。这部剧作杂糅着神话与寓言,写信念与贞洁的伟大,即便弥尔顿的诗节铿锵奇崛,总难脱说教气息,读来有点隔膜。不过杜拉克喜欢,说多年来一直想给《科摩斯》配插图。

杜拉克初时研读法律,后来进入巴黎尤里安学院,立志成为画家。除了《科摩斯》,他还为"限印本俱乐部"画过两部书:普希金的《金鸡记》(*The Golden Cockerel*)和沃尔特·佩特改写的阿普列乌斯《金驴记》故事《丘比特与塞姬之婚》(*The Marriage of Cupid and Psyche*)。晚年的杜拉克益发细工打磨，担纲插画的几册书篇幅皆不大，格局却很雄浑，丰腴秾丽，一派古典风韵，锁都锁不住。《科摩斯》原计划应有八幅插图，可当时恰逢女王伊丽莎白二世登基，杜拉克受邀设计纪念邮票，插图的事就暂搁了下来，最终只完成了六幅他就去世了。为了不让杜拉克的妙笔在制书过程中失真，出版者采用了照相平版印刷（photolitho）的方法，今天看来，这六幅单页水彩确实元神浑成，不枉他们付出的心血。

杜拉克生于1882年，逝于1953年，二十二岁就靠菲茨杰拉德英译《鲁拜集》的插画扬名天下，难怪去世时许多人暗暗吃惊：原来一代宗师杜拉克"年仅"七十一岁。哈罗德·布鲁姆编过一本集子，题名《直到我停止歌唱》(*Till I End My Song*)，选取文学史上重要诗人的绝笔之作，加以点评。序言里说，诗人告别世界前的作品透出的是执着的渴念，是对"自我"永恒可能性的思索，希望作品摆脱个人生命的局限，与世长存。画家也一样。"碰到价格合适的好书别错过！"耳边又响起 John 的叮嘱——埃德蒙·杜拉克最后的这份沛然意气，我珍藏。

那是 1885 年的事了,九岁的我第一次感受到摩西舅舅的二手书店那令人难以忘怀的氛围——店面设在旧时费城商业街一栋敦实的红砖建筑二楼。那个年纪的我,虽为眼前的景象心醉,却还很难完全领会但凡佳本汇集之处,周遭环境中必然产生的那种神秘与难以捉摸的美;每天下午,有种力量在向我发出召唤,正如码头、河水和船舶吸引着别的男孩子,令他们一放学便兴冲冲地抛开书本。不管那究竟是什么——能说会道的人称之为"藏书癖"——它渐渐深入到我骨子里,从此一发不可收拾。

——A. S. W. 罗森巴哈,《谈旧书》

A.S.W. 罗森巴哈：最伟大的书商[①]

一

我还记得同罗森巴哈博士的一次交往。那天，他桌上放的是书本，不是酒瓶。我们去了他德兰西街的家，如今那里已成为罗森巴哈基金会的办公地。两只金刚鹦鹉尖叫着引人注意，优雅的老菲利普则为大家倒上了他钟爱的正山小种。只见博士胖乎乎的手从一个塞满的书架上拈出一册小书。他把书递给我，细声道："这难道不是你见过的最牛的书吗？"

什么书？那本书印刷于 1635 年，收有罗伯特·赫

[①] 本文为 A.S.W. 罗森巴哈《猎书人的假日》（商务印书馆，2020 年 9 月版）译后记，略有修改。

里克（Robert Herrick）最早的作品，是所知存世的唯一一册。在那奇妙的一刻，时间静止了，在为书籍而燃烧的高尚热情面前，什么都不重要了。

A. S. W. 罗森巴哈去世约十年后，他的两位门生沃尔夫（Edwin Wolf 2nd）和弗莱明（John F. Fleming）出版了洋洋洒洒六百多页的《罗森巴哈传》（*Rosenbach：A Biography*），加州大学图书馆资深馆员、作家鲍威尔（Lawrence Clark Powell）在《纽约时报书评》的文章里生动回忆了他与传主的交谊。罗森巴哈晚年酗酒益发严重，身体大不如前，但当他准备要把一本书卖给你的时候，依然自信到不讲道理：那本书永远是你这辈子"见过的最牛的书"（the goddamndest book you ever saw）。

在鲍威尔看来，优秀的书商有很多，当得起"伟大"二字的却凤毛麟角。他要同时具备想象力（imagination）、学识（erudition）和干劲（energy），对社会产生经久不衰的影响。一个伟大的书商，既仰赖天赋，亦是后天修炼而成。这位走起路来笨拙如企鹅、看到好书"跑得比追击野兔的猎狗还快"、既傲慢又亲切的罗森巴哈博士得享有史以来最伟大书商的盛名，天时、地利、人和，缺一不可。他兴趣驳杂、交游广泛，是柯立芝总统的座上宾，是酒吧女郎眼里的风流客，他常去泽西河上垂钓，他每天要喝掉一瓶威士忌，他一身痴气，连游艇都要起名"第一对开本"（First Folio）……他是珍本书的权威，每天从世界各地收到三百封信，等待他披沙拣金。"一些人憎恨他，许多人嫉妒他，对手们惧怕他。可罗森巴哈总能对所有人施展他的魅力，不管他们身处怎样的社会地位。"

二

罗森巴哈 1876 年生于宾夕法尼亚州费城，1952 年去世，活到七十六岁，终身未婚。少年时代他就痴迷书籍，在书商舅舅的书店里听凭兴趣指引，纵情杂览。高中担任校报编辑，发表第一篇见报作品《书痴》（Bibliomania）。之后进入宾州大学，成为家族中第一个大学生。完成本科学业后，罗森巴哈选择继续深造，以"伊丽莎白一世与詹姆斯一世时代文学"为治学领域。其间热心为作品编目，早早显现出书志学的追求。如果没有当书商，构成他人生的应该是这些东西：书籍和研究，良伴和美酒，偶尔的放纵宴乐和频繁的学问切磋，当然，还有终将获得的教授职位。可世事难料，一场家庭危机改变了他的命运。

1903年，兄长菲利普文具生意失败，加之舅舅摩西年事渐高，健康每况愈下。菲利普想凭借弟弟的能力振兴家业，摩西也对外甥进入旧书行当充满信心。其实罗森巴哈一直好奇自己能否靠买书卖书谋得体面生计，这一番变故反倒造成了难以抵挡的诱惑。于是，Abie（家里人对他的称呼）决定走出象牙塔，开启书商生涯。这年6月22日，离他生日恰好还差一个月，"罗森巴哈公司"（The Rosenbach Company）宣告成立。多半是性情使然，他虽在大学里一路念到博士，却始终对学术的见仁见智和学者的缺乏热情颇有微词。"在推动英语和其他语言的文学研究方面，藏书家比大学教授贡献大。"他写道。

书商而有博士学位，罗森巴哈在进入书业伊始就受人关注。"大胆的商人"（the bold salesman）和"寡言的学者"（the silent scholar），这两重身份为他打开了通往成功的大门。金融巨头J. P. 摩根是他的第一个大客户，以一册关联本1611年初版英王钦定《圣经》贡献了公司第一笔四位数交易。罗森巴哈自小浸淫书海,对许多版本信息烂熟于心,如今经过正规学术训练的淬砺,更加如虎添翼。伊丽莎白一世和詹姆斯一世时代的英国戏剧成就斐然,无奈莎翁光芒太过耀眼,遮盖了璀璨群星。罗森巴哈对查普曼(George Chapman)、格林(Robert Greene)、黎里(John Lyly)等的熟稔货真价实,令视他们的作品为秘宝的大藏家怀特(William A. White)刮目相看,自然将他引为知音。

罗森巴哈博士有一种能力,擅长把优秀的顾客变成亲密的朋友,让一笔寻常的生意充满人情味,仿佛是他的好意。他说自己首先是绅士,其次才是商人。他会先跟潜在顾客聊上几小时共同感兴趣的话题,然后不经意间冒出一句,自己刚买了一些书,不知对方可有兴趣一看?他讲分寸、懂火候,买家在"热血上涌、钱袋打开"(warmed his blood and loosened his purse strings)的同时,感觉一切发生得何其自然,不禁感念书缘眷顾。书商和藏家之间从来不是纯粹的买卖关系,而是可以互相砥砺的知交。

毛姆在创作生涯回忆录《总结》里说,一个好作家应该擅长"吸收故事",用最短的时间赢得他人的信任,使其

A. S. W. 罗森巴哈博士

对你袒露心迹。在藏书的世界里，罗森巴哈同样创造了一个磁场。爱德华·纽顿（A. Edward Newton）以几部书话文坛扬名，是罗森巴哈的终身挚友，他在为博士的心血之作《早期美国童书》（*Early American Children's Books*）写的序言里说，作者具有"磁力"（magnetic qualities），能够把一切想要得到的书吸到自己手里，每当有人发现一本稀罕的书，第一反应都会是"拿给博士看看"（take it to the Doctor）。

罗森巴哈知道，财富的形态千变万化，他更知道，收藏家的口袋里放不住闲钱（Money put aside to spend burns holes in a collector's pocket）。他肚子里的书林掌故说都说不完，让他经手的每一本书都有了温度、有了表情、有了生命。感受到他的自信，你也会不由自主地相信：他手里的书就是比市面上别家的都好。罗森巴哈有一套独特的定价原则，说一册珍本值多少钱完全取决于某个人愿意为它付多少钱，跟其他卖家的定价、之前的拍卖纪录，乃至别的藏家的愤愤不平都毫无关系。只有两点是重要的：买家出得起的价格（what the buyer could pay for it），买家愿意出的价格（what the buyer would pay for it）。

几十年间，罗森巴哈买下了流入英美拍卖市场的大部分重要珍本书和珍稀手稿，年复一年刷新着记录。他所向披靡，是"拍场上的拿破仑"（the Napoleon of the auction room），名字频频登上报纸头条，一时间成为"出了不起的价格买了不起的书"（great books at great prices）的代名词。他买下莎士比亚"第一对开本"，买下古腾堡《圣经》，买下美国历史上第一本印刷书籍《海湾圣诗》，买下不为人知的独立宣言签署人格温内特（Button Gwinnett）的签名文件，买下家喻户晓的《爱丽丝漫游仙境》的手稿。爱书人羡慕他的功业，佩服他的眼光，嫉妒他的财力，罗森巴哈发表在《星期六晚邮报》和《大西洋月刊》上的一篇篇书话文章成了他们茶余饭后的谈资。这些文章于1927和1936年先后结集成《书与竞价者》（*Books and Bidders*）和《猎书人的假日》（*A Book Hunter's Holiday*）两部作品。

三

《猎书人的假日》收录的《谈旧书》和《本该烧掉的信

件》正是分别选自《书与竞价者》和《猎书人的假日》。同许多甫一成年就踏进生意场的人相比,博士的书商生涯开始得并不早,成熟得却很快。最大的幕后功臣是他的舅舅,即《谈旧书》一文的核心人物摩西·波洛克。舅舅的旧书店是小罗森巴哈流连忘返的所在:

> 书店里那些僻静、蒙尘的角落是我所有童年回忆的中心,我可以随心所欲偷听大人讲话,流连其间。店里多了个到处乱翻故纸堆的小男孩,舅舅一开始是感到很烦的,可最后,拿给我看他从拍卖会和私人藏家那里入手的珍稀版本成了他的一大乐事。又上了点年纪后,他变得有点怪异,明明我才没几岁,他却非要把我当成爱书人和行家对待,引我为学识相当的同道。他虽活到了很大的岁数,却始终拥有我见识过的最为出色的记忆力。他能够不假思索地说出一本书出版于何时,出自哪位印刷商之手,是在哪里觅得的,有哪些物理特征,经历过的所有流变,又是怎样到了最终的归宿。(《猎书人的假日》,10—12页)

摩西舅舅沉默矜持，本分守店，一生藏书读书，尤其欣赏爱伦·坡。罗森巴哈后来回忆说，舅舅曾从坡手里买下长诗《帖木儿》（*Tamerlane*）的所有滞销存货，代价仅仅是一杯酒。藏书故事要写得好看，少不了创作成分，罗森巴哈也承认他的作品虚虚实实，在捉刀人德纳姆（Avery Strakosch Denham）的妙笔经营下，增添了戏剧转折，点缀了浪漫想象。但有人试图证明摩西·波洛克是罗森巴哈虚构出来的，就有点多事了。舅舅的藏书滋养了他，往来书店分享淘书奇遇的书痴们熏陶了他（drank in their talk）。舅舅去世后，他的重要藏品通过"洗售"传给了他，这些都令他终身受益。

罗森巴哈的藏书之旅启程很早，《谈旧书》写到一段趣事，读罢令人心生暖意。十一岁时，他在拍卖会上竞得了人生中第一件藏品——一部插图版《列那狐》（*Reynard the Fox*），落槌价二十四美元。可当时的他只有满腔的热血和空瘪的钱囊，事后只好向亨克尔斯先生坦白付不出钱来。听说他是摩西·波洛克的外甥时，亨克尔斯哑然失笑：

等笑够了，他低头看着我——这个一脸严肃的小男孩腋下夹着书,手臂在颤抖——说道:"年纪轻轻就开始藏书的人我见过,世代相传藏书的人家我也见过,但还是头一回碰见一个小屁孩书痴!"承认了这点,他宽容地延长了我赊账的期限,允许我每星期从学校的零花钱里节省出一部分支付未来的款项。我给了他我身上所有的钱,十美元,快步流星走出拍卖厅,此生第一次感受到一个天生的书痴每觅得一册珍本便有幸深深享受一次的那种情绪交织:昏昏沉沉却又洋洋得意,心生倦怠的同时却又豪情万丈。(《猎书人的假日》,19 页)

罗森巴哈曾问他的作家好友本涅特(Arnold Bennett):"人类写下的第一封信是什么信?"本涅特答曰,讨债信。罗森巴哈则认为是情书。《本该烧掉的信件》写的便是他收藏的名人情书背后的趣事。文中引用了大量书信原文,王尔德的、拿破仑的、杰斐逊的,或殷殷切切,或凄凄楚楚,很是满足后人的窥私欲。不过,有些信件的写作年代已为后来的新材料重新确定,这多少影响了作者借以发挥议论的依据,好在并不会动摇最终的结论:"我们一不小心就会留存/本该烧掉的信件。"

《无法出版的回忆录》(*The Unpublishable Memoirs*)是罗森巴哈的第一本书,收录十一个关于书的短篇故事,1917年由他的好友肯纳利(Mitchell Kennerley)出版,面世后收获不少佳评。英国书志学名家波拉德(Alfred W. Pollard)说这些故事引人入迷,害他手不释卷,连夜追读。与小说集同名的《无法出版的回忆录》是全书的首篇,作者借主人公胡克从穷学生到大书商的"变形记"向过往的生活告别。罗森巴哈曾说起他保持单身的理由:他不想让任何人对他指手画脚,告诉他什么时候该合上书本去睡觉。末篇《婚姻的十五种乐趣》正是这句话的绝妙注脚。主人公因为受不了妻子连番干涉他买书,以毁坏一部稀世珍本换得妻子同意离婚,"我终于自由了!"

四

近读在密尔沃基开了大半辈子书店的施瓦茨(Harry W. Schwartz)的回忆录《书店生涯五十载》(*Fifty Years in My Bookstore*），翻到一段他对书商的定义。施瓦茨说，书商是一心一意之人（a dedicated person），做事并非为金钱所驱使，那份对书籍的热爱才是动力。"书商常常是学者，更多时候是学生，但永远是爱书人。他卖掉心仪的书，有时并不赚钱，甚至亏本……他乐意同顾客分享对书的热情。他是独特的人，把卖书看成一种带给他快乐的生活方式。"收藏好书，就是收藏幸福。

纽顿说："光有钱当不了书痴。"（Money alone will not make a bibliophile.）罗森巴哈青史留名，不是因为他买书比别人花了更多的钱，也不是因为他卖书比别人卖得多、比别人卖得贵。他买书、卖书，都时时透着一股赤忱的信念：他相信书籍的伟大，也相信通过自己的努力，别人也会坚信这一点。在罗森巴哈的世界里，一个真正的收藏家永远不会停止收藏，如果不收藏了，只有一种可能：他已病入膏肓。博士晚年，朋辈凋零。1943年夏天，他接连接到小摩根和凯恩（Grenville Kane）的死讯，心情十分低落。凯恩最小的女儿罗丝给他写了一封信，表达家族的致意。信的结尾引了一段吉恩·福勒（Gene Fowler）的诗，可视作一位爱书人抄给另一位爱书人的衷肠：

因为书籍不仅是书籍,它们是生活
是过去时代的核心——
是人们工作、生与死的原因,
是他们生命的本质与精髓。

藏书家写小说

大藏书家 A.S.W. 罗森巴哈自小在舅父的旧书店里披沙拣金，大学期间正式投身书海，从此浮沉其间超过半个世纪。读书买书卖书之余，创作的《猎书人的假日》《书与竞价者》等，皆是书话一门中名声在外的经典。

偶然得到罗氏早年作品一部，名为《无法出版的回忆录》，似乎少有人提及。到手方知是短篇小说集，专写书林百态，笔调轻松诙谐，很是好玩。最后一篇故事印象深刻，讲一位老兄在度过甜蜜的三年婚姻生活后，逐渐沉迷书情书色，整日窝进书斋翻看世界各地寄来的书目。为避开妻子的质问，他偷偷带书回家，塞在书橱的角落里。最后，丈夫不惜一切代价豪购了一册心仪多年的书，还没顾得上好好把玩，夫妻间的矛盾爆发了。妻子破口大骂，丈夫冲动之下拿起那部珍本砸过去。第二天，妻子发来了离婚协议。"我终于自由了！"丈夫说。

罗森巴哈小说集《无法出版的回忆录》

仿效罗伯特·伯顿《忧郁的解剖》(*Anatomy of Melanchoy*)写出《藏书癖之剖析》(*The Anatomy of Bibliomania*)的霍尔布鲁克·杰克逊(Holbrook Jackson)还写过一本续集《畏书漫录》(*The Fear of Books*)。跟前者一样,此书最精彩的部分也在旁逸斜出的引文里,很驳杂,很巴洛克。第六章专论"女人与对书的畏惧",开篇就气势汹汹,派安德鲁·朗(Andrew Lang)打头阵,指责女人不爱惜书:他在《图书馆》中写过一个野蛮对待珍本书的淑女,只见她烤着炉火"读一部小羊皮精装的大开本私印本,把封面翻得都卷起来了,活像牡蛎备受摧残后摊开的两瓣壳"。"在婚姻中,"杰克逊接着说,女人畏惧书主要是出于妒忌,"她们妒忌一切转移走对她们的兴趣和关注的东西。"而书籍格外难对付,既会明争也会暗夺(rivals and thieves of love),连风流落拓的拜伦勋爵也无法抗拒其魅力,他向情人圭乔利伯爵夫人坦言,他"哪怕是同她在一起,过不了多久也会想回到自己那间混乱不堪的书房去"。

有些书痴压抑日久,一狠心决定此生与书为伴,就会像罗森巴哈笔下的一位丈夫那样,当妻子说"no more books"时,毅然回答"no more wife"。但大部分人总愿秉

藏书家写小说　　149

承中庸之道，希望满足自己爱好的同时不伤夫妻间的和睦。不是谁都能像皮普斯（Samuel Pepys）那样向友人夸耀，感谢上帝让他有钱买到一本好书一把好琴，而且有一个好妻子。他们只得化身"走私犯"（smuggler），想尽办法把心爱的书偷偷带进家门——好在女人对书不太敏感。杰克逊写道：

> （对她们而言）初版书不过是书，《莎士比亚第一对开本》和《家庭圣经》也没啥区别。装帧嘛，只有美丑之分……所以"惧内派"爱书人的诡计还算容易得逞，只要一本新书能够安全插进书架，就不太会被发现了。

暗度陈仓的方式当然很考验聪明才智。《畏书漫录》里记载了一个做蔬果生意的书痴，他的惯用伎俩是把书塞进一堆土豆里，再趁妻子不备偷运回去。靠英译《追忆似水年华》出名的蒙克利夫（C. K. Scott Moncrieff）在给 T. S. 艾略特的信里也贡献过一个办法："把书裹在旧睡衣里迎来送往，神不知鬼不觉。"

对了，罗森巴哈小说里书痴丈夫拿来发泄怒火的书叫《婚姻的十五种乐趣》（*Les Quinze Joyes de Mariage*）。发现 1959 年英国 Onion Press 出过 René Ben Sussan 插图的版本，忙找来一探究竟。原来这本中世纪法国文学奇书表面上写婚姻之乐，实则极尽讽刺之能，反复规劝年轻人万不可踏出这一步。一旦入彀，"其人必一世受难，于苦海中终其天年"（he will languish ever and will end his days miserably）。至于罗森巴哈本人，真就一辈子没结婚。

寻找爱丽丝

伦敦书展间歇重游萨瑟伦书店。一年前带我看了一下午好书的 John 却不在店里。向店员打听，才知他既没有去度假，也并非退休，"就是不干了"。不过他一定舍不得离开旧书，或许是在某个地方开了自己的书店吧。卖给过我 E. H. 谢泼德自传的 Rosie 依然高贵地端坐一隅，在一方天地里照料着米尔恩，照料着汤姆生，照料着比亚兹莱。听说我想找几本刘易斯·卡罗尔作品的插图本，她推荐了加拿大名家桑维克（Charles van Sandwyk）的限量版《爱丽丝漫游奇境》，说是当代珍品，趁早收一部不会后悔。我嫌贵，没敢买。又找出西班牙画家多明戈斯（Angel Domínguez）插图的《爱丽丝镜中历险》，风格诡异奇崛，令人过目难忘。可惜她没有我最想找的内维尔（Peter Newell）插图版卡罗尔。我说家里有本 Tuttle 出版社 1968 年的重印本，内文依照初版制作，很精美。她浅浅一笑，眼里透着狡黠:"能比吗?"(Does it compare?)

  Rosie 是童书和插图本方面的版本专家,重印本复刻本制作得再精致大概也入不了她的眼——毕竟,不是内容一样了就可以称之为"同一本书"的。不过对没有缘分没有财力得到初版的普通爱书人来说,保留了原初版式的后印本却不失为一种福祉。而从重刊绝版图书的选择上,尤能见出主事者的眼界和魄力。近日读了德尔达(Michael Dirda)的专栏文章结集《书海杂览一年记》(*Browsings: A Year of Reading, Collecting, and Living with Books*, 2015),了解到有些出版社(如他大加赞美的 Dover)常年致力于从故纸堆里挖掘值得重见天日的作品,还专门雇了书探(scout)跑旧书店,让许多蒙尘已久的绝版书神采焕然,面貌一新,多少缓解了"今人不见古时月"的遗憾。

  内维尔插图的《爱丽丝漫游奇境》和《爱丽丝镜中历险》分别出版于 1901 年和 1902 年。手头的这本 Tuttle 版把两部经典合订成一册,虽说是重刊本,但距今已近半个世纪,要寻觅也并非易事。墨绿色布面精装,纸张优良,配有书衣和书匣,版权页标明是日本印制。彼得·内维尔创作的这批画作在"爱丽丝"系列的版本史中意义重大,

"爱丽丝"插图(彼得·内维尔 绘)

被视作第一个敢于挑战坦尼尔爵士"定本"的插图版，面世时自然要遭到不少非议，况且画家又是美国人。E. S. 马丁在初版前言里为他声辩说，内维尔创作的插图与卡罗尔笔下的故事相得益彰，因为"爱丽丝显然不属于这个世界，而内维尔先生的画同样如此"。而在专为新版撰写的序言中，查尔斯·V. S. 波斯特更是从个人气质方面比较了坦尼尔和内维尔，说前者为人缜密，讲究逻辑，但论奇思怪想还是后者更胜一筹。

内维尔生于 1862 年，逝于 1924 年，活跃期正好处于"图书与杂志插图的黄金时代"（the golden age of book and magazine illustration）。因为受不了枯燥刻板的训练，他只在艺术学院里待了三个月就离开了。除了给童书配插图，内维尔自己也创作儿童图文故事集，风格秉袭"胡诌"（nonsense）一路，这一点跟卡罗尔倒确有共通。写卡罗尔传记出名的科恩（Morton N. Cohen）编过一本书信集，收录卡罗尔同时好几位插画界红人的鱼雁往来。不过，在内维尔版"爱丽丝"问世前三年卡罗尔就去世了，后人读不到他对其画作作出的评价。一百五十多年来，给"爱丽丝"配过插图的画家不计其数，西索弄（Cecil Court）上甚至有店铺专卖各种插图版的"爱丽丝"。可真正流传下来的终究只有屈指可数的几个版本,哪怕如亚瑟·拉克姆、内维尔等当时的名家作品也在坦尼尔爵士的光辉下难逃黯淡不彰的命运。虽然这也给淘书客们提供了不断发现不断抢救的机缘——"哎,失落的,被风凭吊的,魂兮归来"!

2022 年 9 月补记

此文写于 2017 年春天。2018 年 1 月 29 日,萨瑟伦书店发布公告:"为缅怀我们的同事 John Sprague,书店将于本周五(2 月 2 日)闭店一天。"前两年虞顺祥兄送过我一册萨瑟伦书店开业二百五十周年时出版的《书人:伦敦》(*Bookmen：London*,2011),其中有一张 John 接待肯特的迈克尔王妃(Princess Michael of Kent)参观店内展览的照片。照片摄于 1991 年,彼时的 John 当然比我见到他时要年轻许多,不过背景里的书架似乎并没有多大区别。

谨以此文和《最后的埃德蒙·杜拉克》一篇纪念书人 John Sprague。

伦敦这台戏

1801年1月30日,查尔斯·兰姆在给华兹华斯的信中写道:

在此之前,我原该先答复你要我去坎伯兰郡的盛意邀请。有你和令妹做伴,我去哪儿都可以。但只怕一路舟车劳顿,我难以承受。舍却与你俩的同游之乐,哪怕此生无缘得见半座青山,我也全不在意。我这半辈子都是在伦敦度过的,已然爱上许多事物,爱得热烈,爱得忠贞,丝毫不逊于你们"山野之人"对僵死自然的迷恋。斯特兰德大街和舰队街两旁通明的店铺……伦敦本就是一出童话剧,一场化装舞会(London itself a pantomime and a masquerade)——这一切日渐深入我心,滋养我,令我享之不餍。为了亲近这些奇妙的景致,我忍不住要常在夜里去拥挤的街道上走一走，当驻足三教九流麇集的斯特兰德街，眼见缤纷人世如火如荼，满腔喜悦催我泪下。

毕竟都是喜欢书的人。同一家店光顾多了，书商也成了半个知己，多少摸清了你的性情你的口味，兴致来了会遥寄一点心意，有时候不仅选的书对路，出手更是慷慨。一直想要收一本名家制作的真皮精装书，前几日竟意外得偿所愿。与马修斯（T. S. Matthews）编辑的《兰姆书信选》携手不期而至的，是维多利亚时代作家约翰·杰西（John Heneage Jesse）的长篇组诗《伦敦》（*London: a Fragmentary Poem*）。1847 年初版本，四分之三枣红色摩洛哥皮装，端庄古雅，区区一厘米厚的书脊饰有五道竹节和烫金花纹，看衬页背面署名，原来出自英国著名装帧工坊扎赫诺斯朵夫（Zaehnsdorf）的手笔。此书不光品相一流，让人惊喜的是，扉页还有作者秀丽的亲笔题赠：With the compliments & best wishes of the Author。可惜未写上款，不知受赠的是何许人也。

一沓寒香故纸在光阴的隙缝里活了一百七十年，其间上演的故事，早已不足为外人道。但既然悄悄寻上门来，则又是最迷人的时空错置了。杰西出身书香世家，父亲爱德华治博物学，编过《钓客清话》和《塞尔彭自然史》。他在世时主要的名声建立在历史著作上，文学创作始终命途不佳。《伦敦》题献给浪漫派诗人罗杰斯（Samuel Rogers），主体划为两部分，分别写伦敦的人杰与地灵，诗风奔放炽烈，书末附有注释与评点。诗人向赫尔墨斯借来了飞鞋，穿梭古今，浑然忘我，"阅尽世人，却不自知"；游踪所到之处，一众英魂在他笔下复生，登上伦敦城这出大戏的舞台，演绎着一幕幕场景。

当然，并不是所有观众都会像兰姆和杰西那样欣赏面前的光怪陆离，伦敦这台戏也叫一些人不堪忍受。在彼得·阿克罗伊德的《伦敦传》（翁海贞 译，译林出版社，2016年4月版）里，读者可以看到坐在台下的华兹华斯的反应，恰好解释了他为何提前离席，选择成为兰姆所说的"山野之人"："……华兹华斯直觉地感受到伦敦生活永恒的方面。他认识到这里有一种内在的、热情洋溢的戏剧性，满足于呈现纯粹的对比、展示无内在或剩余的意义，这让他本能地退缩。"在长诗《序曲》（*The Prelude*）中，他把这样的景象称为"巴别塔下的骚乱"，"这里上演的是差异，流动性和无定形是其特征，而这一切都让他不安"。

萨克雷叫他"圣查尔斯"

胡洪侠先生说,他在湖畔西文书店买到一批 E. V. 卢卡斯的签名本,入藏"夜书房"。虽然没有题赠,这批书却是与卢卡斯交往多年的酒商朋友 Charles Walter Berry 的旧藏,有别致的藏书票为证。

卢卡斯是当年英国很有名气的文人,长年为老牌出版社梅休恩(Methuen)审稿,后来还出任董事长;身份多样,是随笔家,是剧作家,是小说家,是出版家,作品数量惊人,据说有上百种。他又是个天生的编辑,精力充沛,交游广泛,善于激发赏识的作者写出连本人也感到惊喜的文章。1938 年卢卡斯去世,《小熊维尼》的作者 A. A. 米尔恩在给《泰晤士报》写的纪念文章里说,论文学成就,卢卡斯当然算不上"作家中的作家"(the writer's writer),但论为人,他是作家们真心喜爱的一位同行,因为他从不虚荣,从不妒忌。从事写作这门手艺的人难免陷入自我怀疑,有卢卡斯的鼓励是作者的福气："当一位作家有了他这样的朋友，就会感到，不管自己写了什么，从某个特殊的意义上讲，都是为卢卡斯而写的；想到'这篇东西 E. V. 准喜欢'能让一个人对写成的段落愈发得意，对未写的段落重拾信心。"不过，虽说卢卡斯勤于著述又人缘上佳，印象中却并没有很多签名本在市场上流通，题赠本更是甚少看到，或许他也抱持雷蒙德·钱德勒的看法，认为除非受赠者主动提出，否则不宜给人签名？能遇到这样一批卢卡斯签名本，一举纳入收藏，着实是难得的书缘。

卢卡斯是资深兰姆迷，编过一套经典的七卷本《兰姆姐弟作品集》，而花大力气撰写的《兰姆传》更是成了他的代表作，在其生前印行了多次，至今仍是喜爱兰姆的读者不可或缺的参考书。这些年，卢卡斯的书陆续买过一些，主要是关于兰姆的几种，其他的实在太多太杂，没有刻意关注。胡洪侠先生买下的卢卡斯签名本里虽说没有《兰姆传》，倒也不缺老伊利亚的身影。是一册带素雅护封的小书，封面正中，兰姆坐在书桌前，身体前倾，凝神细阅几卷旧书——可能是《瓮葬》，可能是《忧郁的解剖》，反正不会是《罗马帝国衰亡史》。这本《在圣查尔斯的神龛前》

兰姆买书(C. E. 布洛克 绘)

(*At the Shrine of St. Charles*)我也有,是 1934 年兰姆去世一百周年之际出版的随笔集,收录卢卡斯历年所写关于兰姆的零散文章(stray papers)。嫌《兰姆传》篇幅较长一时难以消化的读者不妨翻翻此书作为开胃菜,读过《兰姆传》的人也可以借它重温一些细节。

《在圣查尔斯的神龛前》里的十六篇长短文章以考证为主,卢卡斯文笔轻盈,富有生气,加之本书版式疏朗,读来十分畅快。集中篇什并未按照写作年份编排,而是大致遵从兰姆生平布局,简直构成了一部精简版的传记。最好玩的当属首尾两篇,皆是带有虚构笔法的对话体,前者假借兰姆只在书信中提到过一次的书籍装订师表兄弟之口细数兰姆生平趣事,后者想象一桌兰姆迷聚会闲聊,争得面红耳赤,说如果只能从兰姆随笔中留下一篇,其他一概毁灭,该如何取舍?兰姆的人生有波澜,却并不复杂,行止也局限,但经过卢卡斯的巧妙剪裁,那些我们或许本已略知一二的逸闻又焕发出了新意。呵,原来期期艾艾的伊利亚也不乏急智(ready wit)的锋芒。一天,他上午十点半才到东印度公司,一位上司看到后说:"兰姆先生,你来得够晚的啊。"对此,兰姆极其冷淡地回答道:"是啊,但你没看到我走得有多早。"

书里援引了不少兰姆书信片段,读来也是一大享受。卢卡斯一边津津乐道于兰姆的体重兰姆的风疹,一边告诉我们,《伊利亚随笔》自是英国文学的奇珍,兰姆的书信同样落英缤纷。兰姆虽然沉迷古旧事物,连文笔都学十七世纪,却又是卢卡斯眼中的先行者——"兰姆了不起的地方在于,他发现毫无保留地展露自我好过遮遮掩掩:他的记忆,他的印象,他的忠心,他的嫌恶,他的犹疑,他的信念,他的偏见,他的热情,总之,他的一切,都适合用作文学素材。"换言之,兰姆的伟大就在一个"我"字。菲利普·罗帕特(Phillip Lopate)说过,两辑《伊利亚随笔》不仅仅是文集(collections),更是自成一体的完整作品(books),甚至可以被当作长篇小说来读。照这个说法,兰姆的书信倒更接近随笔了,是真正的 personal essay。

最后说一说本书的书名来由。卢卡斯在正文前引用了自己编辑的《兰姆姐弟作品集》中的一段按语,说萨克雷读罢 1824 年 12 月 1 日兰姆写给好友贵格派诗人伯纳德·巴顿(Bernard Barton)的信,不禁把信件紧紧抵住额头,大呼:"圣查尔斯!"但让萨翁大为震动的并非那封信本身,而是被许多兰姆书信集的编者删去的一段不起眼的附笔。至于那段附笔是什么内容,卢卡斯没有展开,但我们却可以在《兰姆传》里找到全文。原来那是他专门写给巴顿的女儿露西的几行字:

下面的附笔供令媛青览。

亲爱的小姐——看了你娟秀的小字,我对自己歪七扭八的粗鄙大字实感汗颜。不知你的笔是哪里来的,竟能写出这么小的字。想必是一只小鹪鹩或旅鸫的羽翮吧。如果你在纪念簿上这样写字,那你得同时附赠眼镜,我们才看得清。我见过一位女士有本类似的书,全文都是用以下的方式写就的。我觉得很漂亮,也很奇特。

噢,我多么喜欢在晨光里

移步走上开满鲜花的草地。

字迹丰富多彩,颇能悦人眼目。特此推荐给你看看,并送上朋友伊利亚最美好的祝愿。

这段附言写在信件正文的背面,字很小,那两句诗更是特意用红黑两种墨水交替抄录,足见兰姆的用心。露西·巴顿当时才十五六岁,前一年跟随父亲拜访过他的这位名作家老友。卢卡斯说,这短短几行文字对露西意义不凡,背后是兰姆真诚待人的高贵品性,这品性非同寻常,只存在于心地纯良之人身上。这美妙的一小杯佳酿让萨克雷沉醉,"兰姆的一生在他眼前一闪而过——那些美好与善意,那些失望与悲伤;而最让他动容的,或许是他随时愿为他人尽一份力的胸怀",所以他有充分的理由发出那样的感叹。对了,露西·巴顿后来嫁给了《鲁拜集》的英译者爱德华·菲茨杰拉德(Edward FitzGerald),卢卡斯为研究兰姆,拜望过晚年的她。另外,菲茨杰拉德是萨克雷的朋友,萨克雷叫兰姆"圣查尔斯"的时候他就在旁边——这么精彩的一幕,他当然要写进信里透露给别人。

"想必是下雨之类的缘故"

广州的戴新伟先生发来书影——一部十九世纪末出版的皮装《伊利亚随笔》，说是几年前朋友在查令十字街淘到送他的，后半本还合订了《伊利亚纳》(*Eliana*)，对此颇觉好奇。《伊利亚纳》我正好也有，是单行本，眉目或更清晰，遂奉上照片，班门弄斧：此书其实是兰姆的集外文编，初版于 1864 年，副标题："Being the Hitherto Uncollected Writings of Charles Lamb"。书名页上引一句古谚：国王的谷糠和其他人的谷粒一样好（The king's chaff is as good as other people's corn）。类似的话，毛姆在《巨匠与杰作》(*Ten Novels and Their Authors*) 里也说过：普鲁斯特写得再无聊，别人写得再有趣，他也宁可读前者。

一个半世纪后的兰姆迷何其幸福，可以饱览各种版本的"文集""全集"——有心人早将散落的珍珠收进了百宝箱——却也因此无缘享受前人初次捧读集外文时的激动。

平凡的爱书客，更不可能像爱德华·纽顿那样，想写写兰姆，便真的借来老伊利亚的手泽放在案头供奉。国王的谷糠见不到，听听国王的故事也好。有关兰姆的书，从来是碰到一本买一本，他的一生波澜不惊，卢卡斯的传记一问世，留给别人做文章的空间已然不大。近日重温刘炳善先生翻译的《伊利亚随笔选》，旧友相逢，仍是处处会心，真难得。读完《梦幻中的孩子们》读《巴巴拉·斯》，不日竟撞了书运，在冷摊上拾得霍尔曼（L. E. Holman）撰述的《兰姆的"巴巴拉·斯"》（*Lamb's 'Barbara S—'*）一书，伊利亚的故弄玄虚顿时有了完美的注脚。

霍尔曼此书是女演员范妮·凯莉（全名 Frances Maria Kelly）的小传，1935 年伦敦梅休恩出版社出品，百来页的小册子，配插图八帧，扉页上钤了一方印章，是语言学家袁家骅先生的旧藏。《巴巴拉·斯》正是根据凯莉的童年经历敷衍而成的故事。凯莉不仅是巴巴拉的原型，更是兰姆一生中唯一的求婚对象。兰姆在 1819 年 7 月 20 日写给她的信中表白道："我虽愚钝，还不至于不知道自己完全配不上像你这样的人，但多年来，你一直在我脑海中占据着重要位置。我学会了爱你扮演的各种戏中人物，但我爱 F. M.

兰姆散步（西比尔·陶斯　绘）

凯莉本人胜过她们全部。"收到兰姆的信后,凯莉当天就写了复函,决定"坦率而坚定地拒绝"(frankly and decidedly decline your proposal)。时年四十四岁的"好脾气"(unfussy)兰姆回复得也很果断:

> 亲爱的凯莉小姐:
> 你的嘱托一定遵从,毫厘不爽。现在的我打不起精神来,心绪纷乱。想必是下雨之类的缘故。我本想正正经经写,可看来我最拿手的还是在信里插科打诨;编几个双关,诌几段胡话。你还会是我们的好朋友,对吧?别让过去的事损害我们之间的关系(bones)。下次我们问你要"关系"[①],你不会不给吧?
> 你忠心耿耿的,
> C. L.
> 是否注意到我有意没署全名?切记:别把我的上一封信贴进你的记事簿里。

[①] "bone"亦指旧时戏院的头牌女演员分给朋友的象牙片,可用作自由出入的凭证。

卢卡斯说："在整个英语文学中，很难说有比这一封写得更好的书信了；或者说，要论即刻接受自己的失败，微微一笑承认又一场梦碎的结果，不见得有哪封信更加令人哀怜的了。"

对着那方钤印，回想起袁家骅先生的书大学时代借来翻过，薄薄一册"文选"，谈方言谈少数民族语言，又精又深，硬着头皮啃了几个晚上还是似懂非懂，只能惭愧自己道行浅。也读过他接下"中国的伊利亚"梁遇春的遗稿补译完成的《吉姆爷》，妥帖畅达，到底老北大的火候。我不知道袁家骅先生是否喜爱兰姆的文章，又是怎样的际会得到了这册文学边角料，只是觉得，因为一本小书，自己同他同梁遇春，甚至同兰姆的距离一时间都近了，萧条异代的遗憾，原来不是完全无从弥补的。

一个老头——他的裤子显然是比他年轻很多的人才会穿的款式——盯着古董书看了一阵,说:"真希望这些书能开口说话,跟我们讲讲它们看过的事情。"

　　　　　　　　　　　　　　——肖恩·白塞尔,《书店四季》

肖恩·白塞尔：出售作家做的梦和为生活开出的良方[①]

一

毛姆写过一篇小说，叫《书袋》（The Book-Bag），主人公是个嗜书成瘾的作家，在一次东南亚旅行中，他带了一个巨大的亚麻布袋子，里头装满了他可以根据不同场合和心境拿出来阅读的书籍，"袋子重达一吨，压得脚夫们站都站不稳"。派驻当地的代理公使接待了他，还热心组局打了桥牌。其中一位牌友沉默寡言，引起了作家浓厚的兴趣，他再三向代理公使询问后，听到了一个比装在书袋里的传

[①] 本文为肖恩·白塞尔《书店日记》（广西师范大学出版社，2019年9月版）译后记，略有修改。

奇更为精彩的故事。肖恩·白塞尔当然没有拖着书袋四处旅行,这位坐拥十万藏书的二手书商正守着"书城"威格敦的书店,等待好故事上门来。因为开书店,他接触到了形形色色的客人:声音忧郁、每次打电话来都要找十八世纪的神学书却从来不买的威尔士"女人";拿自制手杖来换取购物积点、倾心苏格兰民间传说的"文身控"桑迪;写信文句不通却自以为是、非要来当图书节嘉宾的所谓作家;身患阿尔兹海默症、明明可以网购却始终支持实体书店的迪肯先生。肖恩是电子阅读器(他店里最著名的装饰便是一台被猎枪射碎屏幕的 Kindle)的坚定反对者——毛姆如果活到今天,单凭这一点,或许也愿意同他喝上一杯,他老人家怕是不会指望笔下的人物对着一位手持 Kindle 的作家袒露心扉。

肖恩是苏格兰最大的二手书店的老板,出版于 2017 年的《书店日记》记录了他从 2014 年 2 月至 2015 年 2 月的开店经历。肖恩的店名丝毫不会引起歧义,直接就叫"书店"(The Bookshop),可即便如此,还是有顾客来问:"你们该不是卖书的吧?"每个月日记的开篇放了乔治·奥威尔《书店回忆》(Bookshop Memories)中的一段。奥威尔此文写于 1936 年，回忆他一边写作《叶兰在空中飞舞》一边当书店店员的经历。在他的经验里，"真正的读书人少之又少"，来光顾书店的多数是"不太能被证明的精神病人"（not quite certifiable lunatics）。肖恩对此心有戚戚：

> 《书店回忆》里的记述放到今天依然真实，对于幼稚如我者更是逆耳的忠告：别以为二手书商的世界是一曲田园牧歌——炉火烧得很旺，你坐在扶手椅上，搁起穿着拖鞋的脚，一边抽烟斗一边读吉本的《罗马帝国衰亡史》，与此同时，络绎不绝往来的客人个个谈吐非凡，在掏出大把钞票买单前还要同你来一段充满智慧的交谈。真实情况简直可以说完全是另一个样子。最贴切的评论或许还要数奥威尔那句"上门来的许多人不管跑到哪里都是讨人厌的那一类，只不过书店给了他们特别的机会表现"。（《书店日记》，广西师范大学出版社，2 页）

《书店日记》的读者大概很难不被他犀利的言辞逗笑，不仅光顾书店（往往只看不买）的客人是他的吐槽对象，店员、活动嘉宾、书商同行都在他的攻击范围之内,不过,他并不承认自己天生脾气差,自辩说:"记得在买下这家书店前,我还挺温顺友善的。连珠炮似的无聊问题,朝不保夕的资金状况,与店员和一个接一个没完没了讨价还价的顾客漫无休止的争论,害我成了这副模样。"每篇日记的前后清楚记录了网店订单、每日流水和到店顾客的数据,让我们在满屏毒舌中汲取慰藉心灵的养分之时,也看到了二手书业惨淡的现状。其实"书店"的财务状况应该已经是业内相对健康的了,可即便如此,如今的肖恩也雇不起全职店员。

二

旧日的爱书人去大小书店或者冷摊上淘书的过程,其实是买家卖家间一场知识的角力。网络固然让搜罗心仪的旧书变得空前便捷,却也无可逆转地扼杀了披沙拣金的雅趣。藏书大家 A. S. W. 罗森巴哈在《谈旧书》(Talking of Old Books)一文中生动地回忆过他的书商舅舅摩西。听闻外甥也想走边藏书边卖书的道路,摩西舅舅认为他完全具备资质:记性好、毅力强、品位佳、文学知识丰富、拥有一定资金。这几条是前网络时代当一名合格书商的基本要求。确实,过去的书商往往是学有所长的版本学家、目录学家,其中的佼佼者更是时有书志学著述行世。哪怕是肖恩刚买下书店的 2001 年,还会有亦商亦儒的高人对他指点一二,如今这代人已凋零殆尽。《书店日记》中写到的戴维是老一辈书商的代表,令肖恩高山仰止:

> 在亚马逊和 AbeBooks 这些你可以很快核查书价的网站尚未出现的年代,书商必须掌握和携带所有信息,而戴维是一座人物生平、目录学和文学知识的宝库。如今这种知识——倾注大半辈子心血积累、曾经那样为人所珍视、可以藉此谋得体面生活的知识——几乎没了用处。那种看一眼封皮就能告诉你出版年份、出版社、作者和该书价值的书商难得一遇,而且数量在日渐减少。我依然认识一两位这样的行家,他们是我在这行中最为钦佩的人。(《书店日记》,42 页)

旧书有着不足为外人道的神奇魅力，罗森巴哈在同一篇文章中说，佳本汇集之处，自会透出一股神秘气息与难以捉摸的美感，让整个空间染上异色。这样的观点也许不算荒谬吧：并不是看过同样的内容，就称得上看过"同一本书"的。1865年麦克米伦初版《爱丽丝漫游仙境》和当下印行的"企鹅版"黑皮经典，即便内容与插图几乎一样，根本不是同一本书。每一册旧书都独一无二，参差的"书品"下藏着一段甚至几段历史，后人很难确切知道新入手的旧书曾经身在何处，归何人所有，却也不能说毫无蛛丝马迹可循，有时是页边笔记，有时是藏书票，有时是夹存的老照片、老剪报，"书本来源的隐秘历史让许多人兴奋不已，点燃了他们的想象"。

三

一直很佩服那些敢于将自己的书架一览无余向外界展示的人，怯弱如我，总觉得这么一来，会被某双经验老到的眼睛看出书主人性格中的阴暗面。对书痴来说，自己的藏书和本人之间已经难以分割；夜阑人静坐在书房里，看着架子上的一道道书脊，有时难免会想：如果某天此身化作尘土，这些书的命运将会如何？卡里埃尔（Jean-Claude Carrière）在与埃科的对话录《别想摆脱书》（吴雅凌 译，广西师范大学出版社，2013 年 11 月版）中给出了自己的回答——"我可以想象，我太太和女儿将卖掉我的全部或部分藏书，用来付清遗产税等等。这个想法并不悲哀，恰恰相反：旧书重返市场，彼此分散，到别的地方，给别的人带来喜悦，激发别的收藏热情。"很潇洒，很豁达，如果他不是在逞强的话。《书店日记》中最引人感伤的当属肖恩去新近过世的人家里收书的部分，随着主人离开人世，那些映射着他的人格，甚至可以被视作他存在过的证据的书籍也将流入旧书店，迎接未知的命运。作为二手书商的肖恩常常要以处理遗物的方式同素不相识的亡故者告别：

> 对大部分从事二手书买卖的人来说，清走逝者的遗物是很熟悉的经历。你会渐渐对此感到麻木，尤其像今天这种情况：去世的老夫妻没有子女。不知何故，墙上的照片——丈夫穿着挺括的 RAF（英国皇家空军）

制服，妻子则是个游览巴黎的少妇——会带给人某种愁绪，而在处理尚有子女在人世的过世夫妇的旧藏时则没有这种感觉。带走这样一批藏书好比是对他们人格毁灭性的最后一击——是你抹去了他们存在过的最后一点证据。这个女人的藏书表明了她是什么样的人：她的兴趣爱好同她本人的密切关系不逊于她遗传下来的基因特征。(《书店日记》，38页)

相信很多爱书人都有开书店的梦想，或者说，幻想。作为个体户，肖恩自然有着令上班族艳羡的自由。前一晚和朋友酩酊大醉，第二天尽可以睡到中午；只要店里有人看顾，随意同好友去山上骑行、去海里游泳；开车载着女朋友去古宅收书，顺便饱览湖光山色。不仅如此。除了任性而认真地经营着"书店"，让二手书业成为威格敦的经济支柱，肖恩还在家乡起着更多积极的作用：为当地的展览拍摄宣传短片，尽心参与操办威格敦文学节，不遗余力反对唯利是图的开发商修建风力发电机农场破坏自然景观。虽然面临着不小的经济压力，遭受着伤痛的折磨（"我的背都僵了""我的背痛得要命""我的背正嘎嘎作响，使不上劲"),肖恩依然坚定地说:"不管怎么说,我会尽一切努力不让这艘船沉掉。这种生活比给别人打工不知道要好多少。"

四

瑞克·杰寇斯基(Rick Gekoski)在《托尔金的袍子》(*Tolkien's Gown and Other Stories of Great Authors and Rare Book*)的开头交代了开启自己贩书生涯的契机:当年还是穷学生的杰寇斯基想送女友圣诞礼物却囊中羞涩,只好心一横,把一星期前刚购藏的一套二十卷本《狄更斯全集》送去牛津的布莱克威尔书店(Blackwell's),没想到换得的钱是自己买入这套书时价格的两倍。这让他意识到,原来收藏旧书不仅可以满足自己的兴趣,还能够获得不小的收益,最后索性连大学教授都不干了,成为职业珍本书商。肖恩踏足二手书行业并没有这样戏剧化的开端。十八岁时,他回乡小住,第一次看到了当时还属于老书商约翰·卡特(与著名的书志学家、《藏书 ABC》的作者同名同姓)的"书店",向朋友预言,它一年之内必然倒闭。十二年后,三十岁的肖恩兜兜转转找不到心仪工作,回乡看望父母时发现"书店"并未倒闭,但卡特年事已高,想找人接手。但肖恩一没资金,二没经验,对踏出第一步犹豫不决。也许是在肖恩身上看到了书商的潜质,卡特先是怂恿面前的年轻人办理了银行贷款("你用不着有钱——你以为银行是干吗用的?"),又热心地陪他去客人家里收书,传授他生意经。2001年,肖恩成为了"书店"的老板,一直干到今天。个别客人不怀好意的祝愿——"希望下次来的时候你还在"——并不能改变肖恩在全书结尾说出的事实:书店依然开着。

说起来,我也不是没有尝试过开书店——好吧,是摆书摊。大约两年前的一个周末,早上醒来,我突然决定弃文从商,把一部分藏书运到离家不远的周末集市,花两百块钱租下个市口不错的位置,唯我独尊地当起店老板来。满以为凭我的独到品位和高冷姿态必然顾客盈门,结果一天下来,遇到最多的问题跟肖恩一样:"小伙子,请问厕所怎么走?"书呢,一本也没卖出去,只好回去踏踏实实继续朝九晚五。但即便遭遇了这样的挫败和耻辱,开书店依然是我心中的理想职业,正如我非常喜欢的一位"书人"文森特·斯塔雷特(Vincent Starrett)在自传《生在书店里》(*Born in a Bookshop*,1965)中说的那样:"在书店里,我第一次认识了书籍的芳香,第一次读到了乔治·阿尔弗雷德·亨蒂的不朽作品,第一次隐约感受到了妒忌、钦佩和作家身份带来的悸动。如果没有当作家,我会是个书商,在柜台后面把其他作家做的梦和为生活开出的良方卖给大家。"

在这座偏远书城，没人要求你做一个"正常人"[①]

一

相信大部分人都尝试过写日记，能长期坚持的却不多，十八世纪文坛巨子约翰生博士也不例外。詹姆斯·鲍斯威尔《约翰生传》中，记下过博士这样一段话（1773年4月11日）：

> 约翰生博士对我说，写日记这件事，他曾尝试过十二三次，却始终无法坚持。他建议我写写日记。你

[①] 本文为肖恩·白塞尔《书店四季》（光明日报出版社，2021年8月版）译后记，略有修改。

笔下重要的［他说］是你的心理状态；你应当写下你记忆所及的一切内容，因为一开始你无法判断它们是好是坏；而且要趁印象还鲜明立刻动笔，因为一星期后最初的印象就变了。一个人喜欢重温自己的想法：这就是日记或者日志的用处。

"一个人喜欢重温自己的想法"（a man loves to review his own mind），这的确是我们爱写日记的一大原因，但记忆从来不可靠，如果不趁热用文字记录下来，之后难免用想象去填补空白。肖恩·白塞尔大学毕业后在布里斯托尔从事电视制片工作，2001年回到家乡威格敦买下一家书店，从此扎根。操持生意经年，肖恩接待了或者说遭遇了形形色色的顾客，阅历一多，对行业本身自然生出了独到的看法，不吐不快。2014年起，他开始写日记，详细记下每日的订单、客流、流水和新鲜事，穿插以缤纷的感想与犀利的吐槽；给肖恩以灵感的，一是乔治·奥威尔的随笔名篇《书店回忆》，一是珍·坎贝尔的幽默作品《书店怪问》（*Weird Things Customers Say in Bookshops*，2012），而杰西卡·A. 福克斯（即肖恩日记中的安娜）出版于2013年的

《关于火箭，你该了解的三件事》(*Three Things You Need to Know about Rockets*)则激励了他公开发表这些文字。他将日记发给了文学节上认识的一位版权代理。2017年，《书店日记》出版。

封面讨喜、内容有趣的《书店日记》很快成了畅销书，连在肖恩屡屡激烈抨击的亚马逊网站上，此书也杀进了热门榜单。不过，他向出版方提出的两项建议——先在实体书店上架一个月，再让亚马逊销售；不出Kindle版本——均未获采纳，因为出版方同亚马逊有约在先。亚马逊推重"顾客至上"，肖恩却在书中对他们冷嘲热讽，终于得罪了一部分常客，比如"腰包戴夫"(Bum-bag Dave)。《书店日记》在英语世界走红后，各国译本陆续上市，据说俄文版卖得尤其不错，有采访者问肖恩："说俄语的你是不是更凶了？"他回答："或许是吧，吼起人来更厉害了。"信笔写成的日记大家热情捧场，肖恩信心大增，《书店日记》推出两年后的2019年，续集出版，书名*Confessions of a Bookseller*，直译"书商自白"，形式沿用前作，风趣、毒舌依旧，新人物登场，新故事上演，旋即再次赢得读者欢心。

二

《书店日记》每个月正文开始前摘取奥威尔《书店回忆》一文精华段落,新作保持这一特色,不过这次贯穿全书引用的是一部偏门书:《书商约翰·巴克斯特私语录》(*The Intimate Thoughts of John Baxter,Bookseller*)。此书是苏格兰作家缪尔(Augustus Muir)假托编者身份创作的小说,不光有编辑手记,还煞有介事请人撰写了导读,游戏笔墨,几乎乱真。读罢书中撷取的十二小段,尚觉不太过瘾,在旧书网上寻觅多时,终于买到一本,三四个晚上追读完。叙述者巴克斯特在爱丁堡一家旧书店服务多年,自叹屈才,虽然年近半百,仍一心想去伦敦闯荡,不负雄心壮志。书店老板帕姆弗斯顿先生(Mr. Pumpherston)是优秀书商的代表,知识渊博,勤勉守信,既洞悉顾客心理,又怀有珍贵的职业荣誉感:

> 如今的新书店为了生存,很可能得冒险把自己打造成高档百货,让商品从钢笔尖到相框一应俱全。这是可

悲的下坡路，也是时代的征象。不知道会不会有那么一天，二手书商必须同时经营一家你可以买到止咳片、阿司匹林和腌菜的百货商店？但愿不会。我们讲自尊。帕姆弗斯顿先生从来不用"二手"一词；他说这会让他想起旧衣服店。他家店门上方的字告诉人们，他是位古董书商。不知门口的"六便士书摊"上那几本破烂书抬头看到这行字，会作何感想。也许它们会挺起衣衫褴褛的胸膛，感怀书之将死，毕竟有几分高贵存焉。

在肖恩看来，缪尔写于1942年的这段话完全没有过时，如今的新书店依然被迫顺应时代，售卖其他商品，"这种看法似乎非常具有先见之明，直指在亚马逊的冷酷压迫下新书和二手书行业遭受的毁灭性改变，简直像是几年前刚刚写下的"。《书商约翰·巴克斯特私语录》中有一章专门谈光顾书店的各种怪人，并给出了对付不同客人的办法，笔调尖刻，充满不温和的调侃，肖恩从此章中摘出了好几段，想必大有共鸣。同巴克斯特一样，肖恩严加防范的也是"话痨型"顾客（it is the talkers I guard against），毕竟开店多年，他已深受其害：

巴克斯特对顾客行为的描述异常准确。他笔下那种爱说话的客人如今还是会常来书店,我不知道还有没有别的行业受惠于他们如此冗长的高妙见解。很难解释为何我们这些在书店工作的人会成为这类人的受害者。在某些情况下,听一个人聊上四十五分钟核反应是颇有意思的,但当你忙于工作,当你看着周围有待清理的一箱箱书和还未标价、上架的书,或者成堆尚需放上网店的书,或者其他需要你帮助的客人,这种种时候,并不属于"某些情况"。

面对这类客人的叨扰,肖恩无奈感叹道:"我想以后我得根据他在工作日浪费掉我的时间量按分钟向他收取费用。"

三

书海浮沉二十载,肖恩见证二手书行业由盛转衰——老一辈书商枯叶凋零、电子阅读星火燎原、网络销售巨兽压境——原本利润尚属可观的买卖逐步陷入困顿。局外人可能很难想象，一本2005年可以卖十镑的书到了2015年在网上的售价只有六便士，而即便如此，顾客依然会挑剔品相。造成这种局面的祸首是肖恩一再谴责的电商巨头，"顾客至上"的背后是对卖家利益的严酷剥削。细心的读者或许会发现，在日记始于2015年1月的新作中，书店的营业额较之前作似乎变少了，当时肖恩尚未出书，一来缺少版税，二来书店名气局限，经营压力不小。肖恩感兴趣的异代书商不止约翰·巴克斯特，在两部日记中，他还几次提及另一本书，《破产书商》（*The Bankrupt Bookseller*），作者达令（Will Y. Darling）也是苏格兰作家，后来做到爱丁堡市长。"破产书商"是他虚构出来的人物，开店之余写下拉杂随感，三分幽默，七分酸涩。这可怜人受过战争创伤，性格孤僻又不善经营，最后负债破产，只好开煤气自我了断。威格敦书店的境况当然要好得多，但肖恩常爱翻看此书，多少带着点自况与自嘲吧。

新的一年，肖恩的生活经历着改变。安娜决定同他分手，搬回美国；店里的多年兼职员工妮基也离开了岗位，用肖恩的话来说，这标志着"书店的一个黄金时代要结束了"。后半部日记中，戏份最多的是一个名叫"伊曼纽埃拉"的意大利女人。她高度近视，热爱读书，虽然才二十五岁，却像老年人一样体弱多病，内心也很老成，所以肖恩给她起了个绰号：奶奶。她的英语带着浓重口音，刚来书店上班时肖恩和顾客都听不懂她在说什么。不过她慢慢融入了威格敦，从一开始显得非常突兀，到最后"被吸纳进了这片土地，乃至成了小镇肌理的一部分"。在日记的最后，"奶奶"返回了意大利，可后来又开始在两地间往返，并且最终下决心定居盖勒韦。

城市更新带来了更整洁的市容，却也让许多小店失去了生存空间。随着那些商店逐渐消失而日益稀薄的，还有曾经的社区感与人情味。威格敦这座小镇之所以特别令人向往，或许正是因为这种浸透着人情物理的社区氛围。当然，还有包容性。在这座偏远小镇，没人要求你做一个"正常人"。镇上的各种店铺与社区互相滋养，形成了一股磁场，吸引着在别处——哪怕是自己的祖国——格格不入的"怪人"来旅行，来居住，而当你真正与小镇彼此认同后，哪怕有天你会离开，这分别也是暂时的，就像安娜和伊曼纽埃拉，威格敦已然成为她们精神上的故乡。

四

法郎士写过一部小说叫《波纳尔之罪》(*Le crime de Sylvestre Bonnard*)，主人公波纳尔是个老书虫，终生未婚，埋头钻研古老文献，他与现实生活格格不入，虽然身在十九世纪，灵魂却在十四世纪流连。他与一位女管家同住，在她面前毫无主人的威仪；他养一只跟迦太基统帅哈米尔卡同名的猫咪。拉伯雷《巨人传》中写到一个修道院叫"泰莱姆"，那里不设钟表，修士享有充分自由，无须在意时间流逝。波纳尔不允许自己那样，"我仔细地把表上好发条，人只有把时间分成时、分、秒，也就是分成与人寿命的短促相称的小块，才能成为时间的主人"（郝运译）。个体户肖恩有权任性，不必按时开店闭店，甚至可以离店好几天外出游玩，但同时他又会精确记录每件事发生的时刻。在新日记的后半，他时常流露出伤感，因为不管如何力求做"时间的主人"，都无法阻止自己的老去，而身边的人也在不断提醒他这一点：朋友纷纷结婚生子，过上安定家庭生活，镇上的父母辈则逐渐衰老乃至去世，连他已经钓了四十年鱼的父亲也开始犹豫"明年他还要不要去卢斯河试一把"。

约翰·巴克斯特爱读斯蒂文森（Robert Louis Stevenson）的诗，有首他格外偏爱，大意是多亏上帝妙手造就变换的日子与季节，人的一生才不会在一成不变中黯淡。他说，所谓"理想的一天"，大概要阳光明媚，惠风和畅，傍晚有美好的落日，夜间的空气湿润万物，但若是日日如此，我们会无聊死。四季轮替，周而复始，何妨让我们的欢欣与悲伤都做无常世事的注脚。日记结尾，暴风雨引发洪灾，威格敦断网断电，工作彻底停滞，肖恩却说这一切不便根本不值一提，因为"除了读书我别无选择，实在是难得的享受"，"仿佛回到了互联网暴政来临前的旧时光"。这一幕，想想就很动人。

书人的假日

霍尔布鲁克·杰克逊（Holbrook Jackson）的书陆陆续续买过不少，有传记，有随笔，有格言集，有书志学著作，各种体裁驾轻就熟，堪称健笔。[①] 不过，接触到的第一本署名杰克逊的书倒算不上是他的创作。几年前同窗好友赴英探亲，捎回来一册《书人的假日》（*Bookman's Holiday*），上世纪五十年代的印本，副标题"供爱书人消遣"（a recreation

---

[①] 刘铮先生有《另一种"知识的考据"——丙申所得名家旧藏外文书小记》一文（刊于 2017 年 3 月 30 日《南方周末》），记述作者利用零碎时间"杂览"偶得的文化名人外文藏书。这些名家中有著作至今仍然印行不衰的如江绍原、水天同、葛传槼等，也有孤陋如我者第一次听说的前辈学人，比如三十多岁就双目失明的唐庆诒。文章写到的唐庆诒藏书名叫《一八九〇年代》（*The Eighteen Nineties*），是霍尔布鲁克·杰克逊梳理十九世纪末西方艺术与思想的力作，正如刘铮先生所说："（杰逊）现今好像只被当成一位爱谈藏书的书话家了，其实他的写作范围甚广，这本讲'世纪末'文艺的书就写得详实生动。"

斯塔雷特随笔集《书人的假日》

for booklovers），按主题分类，从古今墨客文人的回忆录、书信、自传等作品中撷取精彩段落，汇编成书；形式讨巧，适合放在床头，睡前随手翻阅——看来"碎片化阅读"根本不是什么新鲜事物。

一直很欣赏《书人的假日》这个书名，心想有朝一日可以据为己用。前几天在常光顾的网上书店闲逛，竟然遇上一本同样叫《书人的假日》的书，作者 Vincent Starrett，名字依稀哪里见过。书衣别致，画了一位穿风衣、戴帽子的绅士在一家旧书肆前流连，店主也是文质彬彬模样，边抽烟斗边看着顾客。橱窗上的招贴印着书的副标题，有点长，大概可以译成"无可救药的藏书家寻求他不足为外人道的乐事"（an incurable book collector pursues his private satisfactions）。看封底的介绍，斯塔雷特"当真生在书店里"，祖父是加拿大出版人、书商；打小手不释卷，"鼻中从未散去书香"。成年后他一度给《芝加哥日报》当记者，专门跟踪报道犯罪活动，跟日后得普利策奖的诗人卡尔·桑德堡做过同事。第一本侦探小说被出版社接纳后，他离开了新闻界，专职写作。推崇克莱恩（Stephen Crane）、比尔斯（Ambrose Bierce）等人的作品，但痴迷了一生的还得数福尔摩斯，不仅写过一系列考证文章和今天所说的"同人文"，还和另一位著名书痴克里斯托弗·莫莱（Christopher Morley）一道创立了民间福迷协会"贝克街游击队"（Baker Street Irregulars）。

说起来，斯塔雷特同中国颇有渊源。辞职当了专业作家后，他来中国住过一段时间。《书人的假日》开卷第一篇即《漫谈中国侦探小说》（Some Chinese Detective Stories），参考翟理思、林语堂等人的著述，向西方读者介绍了中国古典小说中勉强可以称为"侦探小说"的一批作品。剩下的十六篇随笔中另有两篇与中国相关，分别是《太监的消亡》（The Passing of the Eunuch）和《淘东西》（The Quest of the Tung-Hsi），后者因为同作者的兴趣关系紧密，尤为值得一说。

旅居北平期间，斯塔雷特成了琉璃厂、东安市场和隆福寺的常客。书买过瘾了就开始寻觅字画、印章、鼻烟壶、佛像等古玩。受骗当然是再平常不过的事，挨宰之际往往已有预感，"他们好像特别喜欢说东西是汉代的"。好在作者为人豁达，时刻保持着平常心，"这都是游戏的一部分，开心就好"。他手下有个姓赵的中国仆人，常常陪他出入市

1937年，斯塔雷特夫妇在中国①

---

① 这张照片来自彼得·鲁佩尔（Peter Ruper）等著斯塔雷特纪念集《最后的书人》（*The Last Bookman*，1968），旁边有斯塔雷特的说明，试译如下："在我们北京家门外的人力车上。受了两年关节炎、痢疾和疟疾之苦，又看到日本人写在墙上的标语，我们决定提前离开，去更暖和的地方生活。登船的时候，朋友送了我们一尊硕大的石佛，我和蕊把它扔进了香港的海里。后来想想不该这样做的，因为那三十一个拒绝接受我的随笔集《东方见闻》（*Oriental Encounter*）的编辑和出版商活该被那鬼东西敲一敲头。最后我把那几篇文章偷偷塞进了别的书，交给贝内特·瑟夫出版了。"

斯塔雷特的藏书票

集，替他出谋划策，鉴别新买的古董是真是假，也会带商人上门示宝，成交的话拿百分之十提成。通过这样一种互惠互利的模式（a system that worked out very well for both of us），斯塔雷特淘到了许多心仪的小玩意。若干年后，他回忆起那段时光，字里行间仍充满温情：

> 在北京的日子里，最快乐的记忆莫过于看到那些古董商把店开到我家门口来。我最漂亮的那些小东西都来自他们的蓝布包袱——一只有解毒功效、完美无瑕的明代犀牛角杯；一套镶了金银和宝石的披风挂衣钩；古代诗人用的竹笔筒和漆笔筒；各种年代、地方的陶器。……令人痛心的是，每天早餐后的门外再也没有吴先生、傅先生、李先生或者高先生等着进屋来卖给我东方的小玩意儿了，虽然其中大部分都一钱不值。

《书人的假日》一书初版于1942年，其时斯塔雷特早已离开亚洲。彼得·鲁佩尔在《最后的书人》中记述了斯塔雷特的中国之行。1935年，他为研究东方探案故事和收集写作素材抵达日本，却鲜有收获，遂来到北平。他在古都大约待了十三个月，买旧书，淘旧物，还写出了他最后一本侦探小说《弥勒佛》(*The Laughing Buddha*)。他颇为享受超然物外的清净，本想在这片陌生的土地上多住几年，却又因为不适应异乡气候和苦于传染病折磨只得考虑离开。当然，让斯塔雷特在1937年初仓促离去的有更重要的原因。那正是山雨欲来的多事之秋。《淘东西》中写到作者为买古画夜访一位马姓古董商人，当他好不容易把他从睡梦中叫起来时："看到是我，马先生深深松了一口气。我想，他怕的是日本侵略者终究到来了。"

书卷气和人情味

旅行不忘逛旧书店，遇上一本《书人历程》(*Bookman's Progress：The Selected Writings of Lawrence Clark Powell*)，Ward Ritchie 出版社 1968 年版，作者名字似曾相识。看到选编并作序的是威廉·塔格（William Targ），恍然记起他在回忆录《不堪的乐事》(*Indecent Pleasures*) 中写到过鲍威尔。塔格在序言里说，鲍威尔的随笔他初读惊艳，再读倾心，终于决定"身为出版社编辑，我不仅要结识这位作者，还要白纸黑字约他写一本书才罢休"。塔格何等毒辣的眼光，他看上的一定不会差。《书人历程》收入鲍威尔当时的二十余篇代表作，书名想来是化自约翰·班扬的名著。敬书如敬神，虔诚。

鲍威尔对音乐、美术、历史、旅行等都感兴趣，也都在行；各个门类各个时期的书刊版本更是烂熟于心，难怪塔格要盛赞其为"通人"（renaissance man）。作者既是书痴，又是加州大学洛杉矶分校的资深图书馆员，书中谈图书馆管理和四方猎书的几篇文章自然写得格外好看，论文笔论见识都不让第一流的书话作家——塔格将鲍威尔比作新时代的爱德华·纽顿。鲍威尔对条分缕析的图书馆学和貌似先进的管理学不屑一顾，"荒唐！竟然说图书馆管理是科学。那分明是一门需要技术的艺术，讲究艺术的技术，在实践中得同时调动三种才能：双手、头脑和心灵"。他认为有求知欲有洞察力有勇气有助人为乐之心的优质馆员才是核心才是根本。《图书馆员怎么了？》（What's Wrong with Librarians）一篇词锋最健：

> 公众对图书馆员的要求有二：第一，有书卷气；第二，有人情味。你可以说我想得太简单，但我相信，任何一个在图书馆工作的人，不论职位高低，若非兼具书卷气和人情味，那便是入错了行。

虽然此文针对图书馆员而作，"书卷气"和"人情味"两点其实适用于一切同书打交道的职业，也是鲍威尔买书藏书的追求。毕竟书一经问世，便也有了生命有了性情，或一脸清气，或满口浊音，是俗是雅骗不了人。鲍威尔爱古典不爱现代，爱小牛皮装帧（calf）不爱新潮书衣，每踏进一家书店辄"爬梳洗剔"（comb），往往能从阴暗蒙尘的角落里翻出稀世的宝贝。百多年前的欧洲装帧名家辈出，妙手点染出来的作品确实典丽而温润，后来的皮装书很难与之相比。不久前购得一本上世纪七十年代美国宾州富兰克林中心出品的真皮《爱丽丝漫游奇境》，配坦尼尔爵士经典插图。是限印本，封面烫怀表兔形象和扑克牌四种花色图案，三面刷金，云纹丝绸环衬，缎带书签。随书附带一小册《编者按》（Notes from the Editors），交代背景与脉络。单说制作，几乎无可挑剔，灯下把玩，也惹人喜欢。

心喜之余，总觉得隔了一层，难以亲近。似乎有一丝板滞，似乎有一丝冷淡，仿佛鲍威尔笔下制服挺括不苟言笑的图书馆学专家。富兰克林版的书已于 2000 年停产，留下它的竞争对手"伊斯顿书局"（The Easton Press）独自苦苦支撑。其实不论"富兰克林"还是"伊斯顿"，哪怕是全盛时期的版本，大部分品种在旧书网站上的价格都并不算高，至少同其在装帧上下的功夫和制作水准不相称。当年为订购者限量定制的真皮书，最终纷纷被原封不动送去了旧书店。虽然始终有一批忠实拥趸，仍无法挽回"富兰克林"版本多少有些悲壮的命运。为了给一时兴起的富商巨贾装点门面，书卷气和人情味只好让路，多可怜。书卷气是个性，人情味是温度，缺了个性少了温度，跟拥有者的距离便也远了。藏而不读从来不等于纯作摆设。几代人滋养出的醇雅书香到底珍贵：翻开是半窗春影，合上是一夕梦痕。

"青春便是这样悄悄剥落"

简·奥斯丁作品的众多插图版本中，最想要的是 C. E. Brock 和 H. M. Brock 合作的那套十卷本。但几年来始终没有遇上价格品相皆如人意的。布洛克兄弟配插画的书倒陆陆续续收进不少，可以说满纸熏风，从来没有失望过。近日觅得 1902 年伦敦 J. M. Dent 出版的奥利弗·温德尔·霍姆斯（Oliver Wendell Holmes）"早餐桌三部曲"《早餐桌上的教授》《早餐桌上的诗人》《早餐桌上的君王》，插图即出自弟弟 H. M. 布洛克之手。逾百年的老书，朱红布面簇新，毛边未裁，护封虽然破旧，主体仍在，很难得。灯下拾掇时竟掉出一张发货单据，原来在 1929 年，这套书从苏格兰阿伯丁的一家书店漂洋过海去了芝加哥，买家姓 Snyder。除了书价和邮资外，底部有行小字："抱歉，《简·奥斯丁作品集》已经售罄。"既然不远万里邮购布洛克的插图本，施耐德先生跟我想要的或许是同一套奥斯丁吧。

当年辽宁教育出版社"新世纪万有文库"里出过一册温特里奇（John T. Winterich）的《书与人》，篇幅不大却很耐读。温特里奇担任书迷季刊《科洛丰》编辑多年，藏书读书写书，尤擅为经典作品撰写导读，内容不出"成书记"（how this book came to be）一类，遣词谋篇都自成格局，从不故作惊人之论，但有缘的读者自会读出其闲庭信步里的非凡气象。读罢《二十三本书及其背后的故事》（*23 Books & Stories Behind Them*，1938），更加深了对温氏书话的这一印象。书里写《失乐园》写《白鲸》写《海华沙之歌》，时有洞见，而《早餐桌上的君王》也在这二十三本书之列。喜好藏书的人大概常感到自己力量的渺小，写起文章来难得有佻挞恣肆的，坦言"不贤识小"，不谈八阵图里隐藏的经纬，只谈寒香故纸剪出的玫瑰。温特里奇在序言里说得俏皮：

> ……不惜笔墨写爱默生在讲台上的风度和他对馅饼的迷恋，关于他的哲学则只字不提。因为要了解爱默生的哲学，多的是近便的地方，可要够到他的那块馅饼，至少需要一把合适的丁字镐。

"青春便是这样悄悄剥落"

The old arm-chair

"早餐桌三部曲"插图(H. M. 布洛克 绘)

霍姆斯的主要社会身份是医学教授，但在波士顿的文学团体"星期六俱乐部"中颇为活跃，与朗费罗、爱默生、洛威尔、梭罗等交好。"早餐桌"系列是他最受欢迎的作品，发端可追溯至 1832 年初的一期《新英格兰杂志》（*New England Magazine*），后由于杂志主编的早逝中断了二十多年，才重新连载于洛威尔（James Russell Lowell）主持的《大西洋月刊》（*The Atlantic Monthly*）。他把文人雅集上的山海经演绎成了一部"早餐桌燕谈录"，多少继承了兰姆《伊利亚随笔》的遗风，气质里却又流淌着独特的诗味。不知为何，温特里奇在介绍给《早餐桌上的君王》创作过插画的名家时只说了 Augustus Hoppin 和 Howard Pyle，完全没有提到 H. M. 布洛克。从这套"早餐桌三部曲"来看，布洛克兄弟的插图风格一脉相承，笔法娴静，透着浓浓的书卷气，论数量论水准都是在霍平和派尔之上的。

霍姆斯的一生风平浪静，活了八十五岁，随着故人一个个离世，作品也是一部比一部怀旧。"人生安定了，老年便不期而至，"他写道，"正如一切自然进程一样，它在纷乱的幻象中脚步轻柔地渐渐靠近，藉天然的镇静剂抚平那微小的痛楚。"时间是一只铁铸的手掌，即便戴上了丝绒手套，依然霸道，依然不可违逆。我们总是看到梧桐树下落满了大块大块的树皮，却看不到那股宛若静止的强大力量在汹涌，在将它们一点点推开，直至完全脱离树身。——"青春便是这样悄悄剥落。"

垂钓于时间的河流

去京都前做功课，第一反应便是重温苏枕书的《京都古书店风景》。还是让人心驰神往，也想抛却俗务，找条巷子开家书店，有客时漫拣旧籍，无人处卧听秋雨。最喜欢《屋上青山下流水：山崎书店》一篇里的老板山崎纯夫，一句"任性比勉强好"何其通达落拓。山崎老板不光积藏、经营美术书和版画，本身也精于图书装帧制作，为的是把心意传递给读者："这本书的纸张，放三百年不会有问题。我今天做它，如果三百年后的人能看到，我的心意也就传递了三百年。"说得真好。

在效率速度至上的年代坚持细工打磨已然可贵，抱持一份为知己做书的淡然执念就更难得了，好比在黑夜里秉烛行走，凭只手阻挡烈烈罡风。前两日收到相熟的店家寄来的一册1913年版《钓客清话》（*The Compleat Angler*），富尔思书坊（T. N. Foulis）出版，也是一位妙人传诸后世的匠心。虽然书脊因日晒褪色，深绿硬麻布的封面封底却新若未触；毛边，上书口刷金，卷首的作者像用了于斯曼（Jacob Huysman）的名作，其余十二帧水彩插图都是汉基（W. Lee Hankey）的手笔。

《钓客清话》初版于1653年，是艾萨克·沃尔顿最有影响的作品。三百多年来，追慕沃尔顿风神的读书人一向不少。好的版本谁都想收藏。有些装帧贵得吓人，不奢求了。买得起的还是不容错过。"遗产版"开本奇大，天高地阔，戈斯兰（Douglas W. Gorsline）的插画也够别致，考虑到其低廉的价格，简直是入门的首选；Nonesuch版本的《沃尔顿大全》实在古雅得可爱，虽不便宜，咬牙也要收进一册；亚瑟·拉克姆插图版逸兴遄飞，潇洒极了，嫌初版价昂，不妨买本上世纪八十年代末的复刻版过过瘾。相较而言富尔思版的名气就一般了，若非机缘凑泊，尚不知道此书的存在。

多亏一位名叫保罗·哈里斯的人。他从大学时代就开始收集富尔思出版的书，终成这一版本的大藏家，在1998年与人合写了一部相关的专门著作。如今他想将这一批藏品整体出售，在网上发布了详尽的信息，读来十分有趣。

原来 T. N. 富尔思是土生土长的爱丁堡人，脾性古怪，生平成迷，他的书坊活跃于 1904 年至 1925 年，最终生意失败，他也在湮没无闻中去世。哈里斯说，富尔思出品的书籍，以整版彩色插图、雅致的字形和书页上的玫瑰水印为特色，有些品种殊难寻觅，他手里的几近孤本。捧起这册《钓客清话》在灯下细看，发现不少地方做得颇为粗放，却别具一番朴拙与天真。在 1913 年发行的书坊书目册里有段话，很能见出富尔思这位同流俗抗争的老顽固的性格："每一本富尔思的书都纯然是个人思想的特殊结晶。现代出版的机械运作方式——将书批量趸卖，不加区分或者毫无特色、千篇一律的装帧，对富尔思先生和与他共事的工艺师毫无吸引力。"

《钓客清话》的书名借用了缪哲先生的翻译，中译本最早由花城出版社出版，当初对照原文通读一过，对作者译者都佩服得无以言表。2014 年"读库"推出新版本，收进 John Major 版的插图，改成盈掌小册，确符合此书供垂钓者放在大衣口袋里随时取看的初衷。沃尔顿活到九十岁，忠君忠了一辈子，追求安谧，追求平和，兴亡更迭始终是画卷背景里的远山淡影。"是非成败转头空"，沃尔顿仍旧端坐岸边，手执钓竿，间或抬头看一眼过往钓客，传授几句这门技艺的诀窍——这一坐就坐了快四个世纪。他是乐意表达的，但生怕说得太多太响，惊扰了水中的游鱼。他温厚的笔不惯于漫世，最讲究分寸，落到纸上处处是笃诚，是明慎，连结尾也规规矩矩从《圣经》里引用：

  习静。

  Study to be quiet.

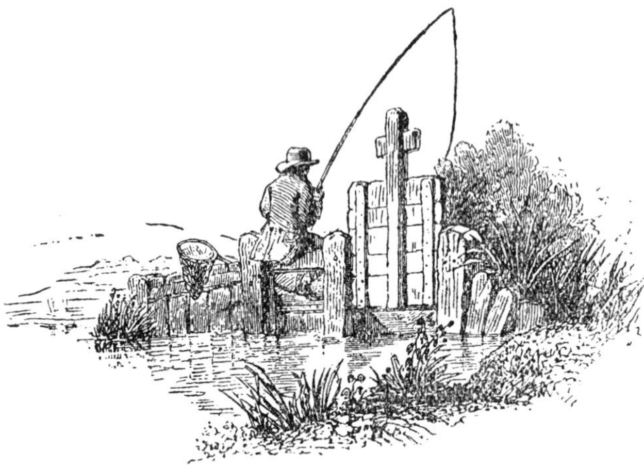

跋

《书会说话》中的三十篇文章皆是围绕藏书与阅读、书与人的关系而写,曾陆续在《上海书评》《文汇报·笔会》《文汇学人》等报刊上发表过。此次结集,对文字做了少量修改,同时增补了一些内容,希望让书的面貌多几分整体感。

书名源于苏格兰"书镇"威格敦书店老板肖恩·白塞尔《书店四季》中一位顾客的感叹:"真希望这些书能开口说话,跟我们讲讲它们看过的事情。"取英文词组"Book Talks"的双关意,既表明本书是"关于书的文字",又表达"书会说话"的意思。

书分五辑,每辑由一篇同书籍有密切关系的"书人"故事开场,另外二十五篇文章多为篇幅较短的书话小品,辅以若干插图,或许多少可以化解行文的枯涩。虽然每辑并没有严格的主题，但在内容上还是有所侧重，比如"书之书"，比如插图本，相信有心的读者自会发现其中的线索。

  本书最早的几篇文章写于 2015 年初，距今已八年。八年里，自己的生活和心境发生了很大的变化，如今重读旧作，不免觉得既亲切又陌生。英国作家阿尔弗雷德·乔治·加德纳以古怪的笔名 Alpha of the Plough 写过几种随笔集，书名素净简单，比如 *Windfalls*，比如 *Pebbles on the Shore*。《书会说话》中的文章也像风吹落的小果子和孩童喜欢在岸边捡拾的卵石一样，本身并没有什么价值——令我珍视的是人生里这段不可再现的时光，而这段时光之所以值得用一本小书来纪念，是因为有了下面这些人：

  首先要感谢陆灏先生。如果没有他的鼓励和指引，这本书里的大部分文章根本不可能存在。

  感谢李伟长先生接受这部稿子。他的建议至关重要，让本书获得了全新的面貌。

  感谢黄昱宁女士为本书作序。她是我走出校园后遇到的第一位良师，多年来对我帮助很大。

  感谢吴其尧先生。与他的师生情谊对我而言格外珍贵。

感谢郑诗亮先生。能从《上海书评》的读者成为它的作者是我莫大的荣幸。

感谢严晓星、马睿、李纯一、方晓燕、黄晓峰、盛韵等师友。本书中的多篇文章源自他们的约稿，他们对稿件的编辑更让我避免了不少错误。

感谢宋希於、虞顺祥、陈以侃、雷韵、沈宇、朱艺星、胡瑾等可以随时以"气息"互相交流爱好的朋友。

最后，感谢我的家人。

顾　真

2023 年 4 月

图书在版编目（CIP）数据

书会说话 / 顾真著. -- 上海：上海文艺出版社，2024
ISBN 978-7-5321-8596-2
Ⅰ.①书… Ⅱ.①顾… Ⅲ.①随笔－作品集－中国－当代
Ⅳ.①I267.1
中国版本图书馆CIP数据核字(2022)第249034号

上海文化发展基金会资助项目

发 行 人：毕　胜
责任编辑：李伟长　庞　莹
装帧设计：周伟伟

书　　　名：书会说话
作　　　者：顾　真
出　　　版：上海世纪出版集团　上海文艺出版社
地　　　址：上海市闵行区号景路159弄A座2楼 201101
发　　　行：上海文艺出版社发行中心
　　　　　　上海市闵行区号景路159弄A座2楼206室 201101 www.ewen.co
印　　　刷：上海盛通时代印刷有限公司
开　　　本：1092×787　1/32
印　　　张：7.25
插　　　页：5
字　　　数：116,000
印　　　次：2024年4月第1版 2024年4月第1次印刷
Ｉ Ｓ Ｂ Ｎ：978-7-5321-8596-2/I.6774
定　　　价：66.00元
告 读 者：如发现本书有质量问题请与印刷厂质量科联系　T：021-37910000